小记抒怀（精选）

谢璞 ◎ 著

图书在版编目（CIP）数据

小记抒怀：精选 / 谢璞著. -- 北京：气象出版社，2019.8
ISBN 978-7-5029-7007-9

Ⅰ.①小… Ⅱ.①谢… Ⅲ.①诗词—作品集—中国—当代 Ⅳ.①I227

中国版本图书馆CIP数据核字(2019)第149907号

小记抒怀（精选）
Xiaoji Shuhuai （Jingxuan）

谢璞 著

出版发行：	气象出版社
地　　址：	北京市海淀区中关村南大街46号　邮政编码：100081
电　　话：	010-68407112（总编室）　010-68408042（发行部）
网　　址：	http://www.qxcbs.com　　E-mail：qxcbs@cma.gov.cn
责任编辑：	吴晓鹏　杨辉　　　　　　　终　审：张　斌
责任校对：	王丽梅　　　　　　　　　　责任技编：赵相宁
封面设计：	符　赋
印　　刷：	北京地大彩印有限公司
开　　本：	889mm×1194mm 1/32　　　印　张：12
字　　数：	192千字
版　　次：	2019年8月第1版　　　　　　印　次：2019年8月第1次印刷
定　　价：	88.00元

本书如存在文字不清、漏印以及缺页、倒页、脱页等，请与本社发行部联系调换

目录

七绝·观卫星发射	001
卜算子·赴国家一类艰苦气象站	002
钗头凤·阴霾破	003
清平乐·元旦回家路	004
忆秦娥·新年好	005
卜算子·慰问途中	006
蝶恋花·初雪	007
清平乐·在上海航天技术研究院和西安航空基地	008
忆秦娥·天人怨	009
清平乐·临《兰亭集序》	010
浪淘沙·潮州韩江	011
念奴娇·十二钗	012
如梦令·雅安芦山	014
七律·雅安行	015
七律·沙漠之星礼赞	016
七绝·茶饮	017
如梦令·感触往日时光	018
忆秦娥·送友人小苏	019
七律·再进师大学堂	020
清平乐·感	021
七绝·酒香	022
七律·宁夏行	023

七绝·沙湖	024
五绝·登六盘山	025
十六字令（三首）	026
七律·又是八月八	027
卜算子·玉渡山	028
七绝·秋光	029
如梦令·应《秋》致好友	030
五律·题门前景	031
七律·珠江夜	032
清平乐·秋雨回家路	033
水调歌头·中秋	034
七绝·福建乡间	036
七律·到东山岛	037
七绝·东山晨曲	038
五绝·闽之趣（四首）	039
七绝·秋分菊韵	041
沁园春·国庆	042
清平乐·郊外农舍	044
如梦令·中山古镇	045
忆秦娥·再赴新疆	046
虞美人·等菲菲回家	047
如梦令·生日	048

目录

七绝·霜降节气	049
虞美人·和玉彬《玲珑塔情怀》	050
七绝·沙地榆	051
清平乐·徽风皖韵	052
七律·七彩云南	053
忆秦娥·秋风起	054
七律·绍兴新昌	055
西江月·动画《清明上河图》	056
清平乐·平安夜	057
菩萨蛮·夜入长安	058
如梦令·春饮红茶	059
七律·小顾福州和柘荣	060
西江月·梅在吟	061
七绝·无题	062
忆秦娥·话剧《王府井》	063
七律·春节	064
卜算子·眉山苏东坡	065
五绝·乡间	066
七律·上元晨日在南溪小城	067
鹧鸪天·早春夕下颐和园	068
如梦令·郭守敬纪念馆怀古	069
五律·春分	070

清平乐·美丽广西	071
七绝·清明时节	072
如梦令·京北古长城	073
七律·登京北蟠龙古长城	074
鹧鸪天·飞花四月天	075
鹧鸪天·途经三亚	076
七绝·闻雷雨	077
卜算子·日内瓦湖畔	078
醉花阴·和小屈《福海暮春》	079
七律·读未名诗人纪念长诗感怀	080
浣溪沙·端午假日	081
满江红·铭记	082
卜算子·河套在望	084
七律·入住花园邨	085
如梦令·申冬奥会	086
七律·悼父	087
七律·中国唯一海岛边境县	088
清平乐·抗战胜利日	089
七绝·小住广州	090
浪淘沙·海陵岛	091
鹧鸪天·调研海洋观测站	092
开会于宽沟	093

七绝·中秋月夜	094
鹧鸪天·十月一日玲珑公园中	095
七律·观《毛泽东遗物的故事》感怀	096
七绝·施州山里	097
菩萨蛮·恩施	098
咏神农架林区	099
七绝·无题	101
七律·长岛气象守业者	102
钗头凤·蓬莱岛	103
如梦令·调研敏视达公司	104
如梦令·锐锋常握	105
十六字令（三首）	106
忆江南·深冬兴安盟	107
虞美人·舞在联欢会	108
忆秦娥·除夕夜	109
清平乐·元夕	110
菩萨蛮·走访桂西南五县气象局	111
七律·初春桂西南	112
采桑子·有感颐和园	113
水调歌头·纪念世界气象日	114
七绝·北坞春意	116
七绝·春光	117

五律·芳袭玉渊潭	118
七律·无题	119
如梦令·夜上海	120
七律·徐家汇气象博物馆	121
醉花阴·中国诗词大会结束日有感	122
七律·再赴秦淮	123
忆江南·秦淮夜	124
十六字令（三首）	125
七绝·傣家小寨	126
卜算子·瑞丽	127
忆秦娥·连云港西连岛	128
七绝·夜临御码头	129
晨步瘦西湖随笔	130
清平乐·东湖晨望	131
鹧鸪天·天堂寨顶	132
七绝·夜读	133
菩萨蛮·天柱山	134
端午一日	135
卜算子·北大荒路上	137
七绝·东极黑瞎子岛	138
七绝·东隅小镇	139
鹧鸪天·参观八岔赫哲族乡八岔村	140

虞美人·将登泰山	141
七绝·赠泰山气象站职工	142
忆秦娥·泰山	143
七绝·暑热	144
浣溪沙·黔南山间高速路上	145
七绝·布依族女子"炮兵"班	146
清平乐·最大射电望远镜	147
五律·若尔盖旅者	148
西江月·红原	149
西藏三地行	150
浪淘沙·记中国女排里约奥运夺冠	153
忆江南·写于G20峰会前（三首）	154
采桑子·秦岭	155
七绝·汉中茶园	156
菩萨蛮·腊子口	157
七律·甘南夏河	158
鹧鸪天·秋天一定要住北平	159
十六字令（三首）	160
忆秦娥·坝上秋光	161
清平乐·乌兰布统之晨	162
七律·参观毛主席韶山故居	163
七绝·湘西高速	164

卜算子·深秋小聚	165
七绝·题晚秋	166
七律·遥看鼓浪屿	167
五绝·风	168
鹧鸪天·清晨	169
清平乐·凉山州昭觉山路	170
七绝·邛海	171
忆秦娥·风云四号卫星发射记	172
采桑子·暮至南澳岛	173
七绝·南澳	174
南乡子·随感于腊八和小寒	175
浣溪沙·会议间赴吴江气象局	176
清平乐·同事年前聚会	177
观全球华人春节音乐会盛典	178
醉花阴·除夕北京	180
七律·冬日漫游香山植物园	181
七绝·冷	182
浣溪沙·元夕于颐和园西堤	183
卜算子·在青岛	184
五绝·黄岛小码头	185
菩萨蛮·再赴雅安	186
鹧鸪天·初春于峨眉金顶	187

浣溪沙·春之南阳	188
卜算子·南阳武侯祠	189
清平乐·夜闲襄阳古城外	190
七绝·早春	191
采桑子·康定一夜	192
忆江南·烟雨江南时（二首）	193
忆江南·京城春雨	194
七绝·清晨福州西湖	195
如梦令·西湖岸外早	196
七绝·西湖夜	197
采桑子·清明	198
卜算子·初登鹳雀楼	199
水调歌头·长江	200
忆江南·白洋淀暮春（二首）	202
七绝·玉渊潭	203
忆秦娥·登华山	204
如梦令·华山气象站	205
鹧鸪天·五月五	206
七绝·准噶尔盆地边道	207
西江月·新疆西部	208
十六字令（三首）	209
采桑子·喀尔坎特草原	210

浪淘沙·题马头琴	211
七绝·大连城	212
鹧鸪天·丹东鸭绿江畔	213
清平乐·观"复兴之路"展	214
七绝·普洱	215
如梦令·寄宿景迈山中	216
采桑子·景迈茶园	217
七绝·版纳夜叙	218
忆秦娥·海南州高原早景	219
七律·记忆玉树结古镇	220
七律·黄河源	221
浣溪沙·赴呼伦贝尔草原	222
菩萨蛮·越过兴安岭	223
七绝·扎兰屯	224
七律·盛夏阿尔山	225
七绝·初进河西走廊	226
浣溪沙·张掖丹霞	227
清平乐·嘉峪关	228
南乡子·三沙（初登永兴岛）	229
七绝·小住永兴岛（一）	230
七绝·小住永兴岛（二）	231
七律·三沙	232

卜算子·五指山中	233
七绝·晨于荟茗园	234
采桑子·西堤晚影	235
七绝·初秋早观	236
醉花阴·鸟啼掠燕湖	237
清平乐·闲聚	238
浣溪沙·校园红船展	239
采桑子·园中秋雨	240
鹧鸪天·重阳前日	241
七绝·路旁	242
忆江南·同学（二首）	243
鹧鸪天·徒步艰登嵩山气象站	244
菩萨蛮·嵩阳书院	245
鹧鸪天·借英华《渔歌子》	246
渔歌子·咸宁	247
渔歌子·咸宁金沙大气本底站	248
卜算子·桥牌	249
采桑子·冬叙	250
江城子·冬至	251
浣溪沙·沐北海晨光	252
七绝·涠洲岛崖头	253
蝶恋花·芳华	254

如梦令·风中平潭	255
鹧鸪天·湄洲	256
渔歌子·参观古田会议会址	257
江城子·福建土楼	258
忆秦娥·寒冬宽沟	259
七绝·欢庆除夕	260
渔歌子·奥运时光	261
五律·正月初六步于中坞公园	262
采桑子·灯节	263
浣溪沙·料峭张家界	264
忆秦娥·远眺岳阳楼	265
七绝·汨罗江	266
七绝·北京最晚初雪	267
醉花阴·初雪日于昆明湖侧	268
七绝·三月赴巴蜀	269
江城子·蜀道难之剑门关	270
忆江南·夜阆中	271
七律·今古镇（阆中古城）	272
七绝·参观小平故里	273
采桑子·清明雪纷纷	274
七绝·夜下闲蹀	275
江城子·夜长安（西安）	276

念奴娇·赴延安	277
七绝·谷雨	279
采桑子·三亚	280
晨于三亚湾	281
七律·三亚气象	282
浣溪沙·文昌	283
七绝·无题	284
忆江南·离穗到庐山（二首）	285
七绝·成都靓女	286
采桑子·又临邛海	287
鹧鸪天·仲夏于雄安	288
鹧鸪天·西子湖畔	289
忆江南·暮至闲居千岛湖岸（二首）	290
七绝·洞头	291
采桑子·颐和趣醉	292
渔歌子·参观南湖红船（二首）	293
七律·夕下喀什古城	294
江城子·奥运十年记	295
五律·南疆早秋一隅	296
鹧鸪天·傍晚漫步阿克苏	297
采桑子·巴音布鲁克	298
忆江南·秋于林芝墨脱路上（二首）	299

七绝·墨脱	300
七绝·墨脱新建气象观测站	301
清平乐·羊卓雍错	302
西江月·雁门关	303
七绝·山麓秋吟	304
采桑子·珲春图们江出海口	305
清平乐·中秋又秋分	306
七律·今天是你的生日，我的祖国	307
渔歌子·游森林公园又步永定河畔（二首）	308
卜算子·胶东秋行	309
虞美人·港珠澳大桥珠海一侧夜观	310
忆秦娥·乌鞘岭	311
七绝·同是京城不同天（二首）	312
渔歌子·晚秋葫芦岛	313
七律·秋尽盘锦红海滩	314
七绝·登越王楼	315
忆江南·桃花岛晨	316
如梦令·记气象卫星应用大会	317
渔家傲·观改革开放四十年展	318
采桑子·香港夜	319
七绝·太平山	320
浣溪沙·为改革而歌	321

七绝·夜寄夔州	322
鹧鸪天·云雨巫山	323
七绝·荆州	324
采桑子·2018岁末	325
卜算子·欣喜《新会计核算指南》成书	326
鹧鸪天·伊春冰灯	327
浪淘沙·慰问五营气象站	328
清平乐·漫步哈尔滨中央大街	329
七绝·无题	330
浣溪沙·除夕	331
渔歌子·清闲过年（二首）	332
七绝·雪霁夜围炉	333
浪淘沙·又遇长安	334
七绝·大明宫元夕前夜	335
忆江南·凤州晚夜	336
采桑子·翻越秦岭	337
七绝·早春玉渊潭	338
渔歌子·初春夜津门	339
鹧鸪天·赠九仙山艰苦台站气象人	340
渔歌子·德化瓷都	341
渔歌子·安溪茶都	342
渔歌子·永春香都	343

七绝·泉州三地	344
渔歌子·梅州客都	345
忆江南·题昆玉河畔春雨	346
七绝·骑楼	347
采桑子·三沙台站前小憩	348
如梦令·植树节于三沙站植树	349
清平乐·永乐群岛之珊瑚岛气象站	350
五绝·初春小景	351
七绝·无题	352
浣溪沙·淮安	353
渔歌子·稻香楼外	354
七律·铜陵气象科普园	355
七绝·林徽因———一句爱的赞颂	356
清平乐·暮春水镇	357
七绝·夜色水镇	358
忆江南·题古北水镇（二首）	359
七律·赣南行	360
西江月·井冈山	361
七绝·黄昏	362
如梦令·雨中和顺古镇	363
鹧鸪天·大理	364
渔歌子·嘉陵江畔	365

七绝·观卫星发射*

2013.9.20

秋风瑟瑟荡岢岚,
翘首新星挂碧天。
万里遥观添助手,
蓦然憧憬溢心间。

---

* 为使诗句整齐,本书所有诗词注释星号均标注在题目右上方
* 第三颗"风云三号"气象卫星在山西太原卫星发射中心(岢岚县)发射成功

卜算子·赴国家一类艰苦气象站*

2013.10.13

心绪已飞扬，
辗转成为客。
雪地沙丘万仞山，
平处新楼落。

白日问天穹，
夜下甘孤寞。
漫道无名气象人，
众里谁强过。

---

* 不同风格艰苦站（黑龙江漠河、内蒙古拐子湖、西藏那曲）

钗头凤·阴霾破*

2013.11.28

阴霾破,
霜枝落,
帝都将染无同色。
杯觥错,
凡情漠,
流觞逐饮,
各方环坐。
乐、乐、乐。

曾经过,
谁曾惰,
面迎国事同心做。
秋才冷,
君心热,
诗书扶佐,
挚朋答惑。
和、和、和。

---

* 赴好友宴所作
* 凡情——一般交情

清平乐·元旦回家路*

2013.12.31

朔风阵阵，
翘首梨花现。
总让新桃别日艳，
复始新元求变。

轻松慢步园林，
回眸烂漫平民。
敢叫时光小驻，
浮出小友欢颦。

---

* 梨花——雪花
* 小友——多年工作好友

忆秦娥·新年好*

2014.1.1

新年好，
冬深岁末飞花少。
飞花少，
乃天情愫，
不应忧恼。

苍穹示爱深深渺，
人间当自协同巧。
协同巧，
世人参悟，
更崇和好。

---

* 飞花少——无雪

卜算子·慰问途中*

2014.1.25

碧海映云天,
小艇浮临岛。
极目依桅向海间,
暂避污尘扰。

昨日踏山川,
此刻观沧渺。
难却职卑性使然,
但愿基层好。

---

* 乘舟赴舟山群岛岱山,正避京城污染天气

蝶恋花·初雪*

2014.2.7

仙女未眠悄步到,
水袖抛盐,
疑似天明早。
慢透帏帘银亮照,
不觉睡意消飞了。

扑面寒花尤带俏,
踏雪留痕,
此画方为道。
久已未观天霁好,
心头已在邀春晓。

---

* 仙女——雪姑娘

清平乐·在上海航天技术研究院和西安航空基地

2014.2.23

步出楼院,
一撇繁杂念。
喜佩工装全场转,
精细高端我赞。

沪申揽抱寰星,
阎良展放神鹰。
营建九州利器,
齐佑国运昌通。

忆秦娥·天人怨[*]

2014.2.26

天人怨,
帝都长日人遮面。
人遮面,
嘈杂依旧,
顿失光艳。

谁知日暮西山远,
晨曦暗叹何方见。
何方见,
无声月夜,
美城人恋。

---

[*] 北京连续雾霾天气

清平乐·临《兰亭集序》*

2014.3.8

文房四件,
一纸铺全案。
临帖习书何字恋,
朦晓笔浓墨淡。

书家素有情怀,
意形合契雄才。
吾岂附庸风雅,
醉心入墨留白。

---

* 书家——书圣王羲之

浪淘沙·潮州韩江*

2014.3.15

恶溪打渔翁,
泊驻江中。
浮桥独有两沿通。
步上桥头凭槛处,
鳄渡秋风。

远望墨山松,
记忆韩公。
不屈谪贬有奇功。
翻滚江波文载道,
史迹潮东。

---

* 恶溪——韩江古称
* 韩公——韩愈

念奴娇·十二钗*

2014.3.20

楼中廊里,
妙姿钗十二,
身形常现。
嬉笑每闻停下手,
抬首寻她迷眼。
巧笑倩兮,
纯为小女,
焉不着人恋。
春光三月,
正值争靓妆扮。

---

* 十二钗——计财司十二位女同事

小记抒怀（精选）

谢璞

巾帼不让须眉，
判情谋事，
且看群芳艳。
国事家杂皆上手，
似水柔情难变。
皓玉冰洁，
娉婷秀雅，
必万金不换。
还留春色，
每时天遂人愿。

如梦令·雅安芦山[*]

2014.4.10

入藏茶马弯道,
窗外青岚笼罩。
灾后建芦山,
工地遍坡繁茂。
重造,
重造,
新景正添欢笑。

---

[*] 芦山地震后一周年调研

七律·雅安行

2014.4.10

狭路洞穿峭壁崖，
忽薄江雾浪翻葩。
难行蜀道环高岭，
天漏雅安话女娲。
蜂桶寨区频熊迹，
夹金山域遍军花。
轻袭细雨除倦怠，
重彩白描蜀气华。

---

* 蜂桶寨——雅安一地区
* 熊迹——熊猫身影

七律·沙漠之星礼赞*

2014.4.26

巴丹吉林满丘沙，
跨步八十少住家。
拐子湖沙孤站立，
疆边岸线只存它。
白天大雁歌哀婉，
黑夜松篝火爆发。
朗日繁星独下影，
漠荒风卷似黄花。

---

* 沙漠中拐子湖气象站
* 松篝——松木架起的篝火

七绝·茶饮*

2014.5.5

未品清香意在游,
谁言惟酒解忧愁。
何须浅碧橙黄色,
自是饮中第一流。

---

* 化用李清照《桂花》一词

如梦令·感触往日时光*

2014.5.21

往日时光一曲,
律动俄风飘起。
难去袅回音,
记忆暗藏犹喜。
轻叙,
轻叙,
乐画醉然无已。

---

* 听《往日时光》一曲偶得
* 俄风——俄罗斯旋律

忆秦娥·送友人小苏[*]

2014.5.30

今赴宴,
千杯欲举神不倦。
神不倦,
佳肴难舍,
友情还恋。

蜿蜒蜀道身形远,
芙蓉苏氏花常现。
花常现,
无边疆土,
慧人无叹。

---

[*] 为同事成都任职作

七律·再进师大学堂*

2014.6.23

晨曦环裹步学园,
静坐堂中仰圣贤。
师范学风行一统,
木铎教令越百年。
寻根文化诗经觅,
记忆民俗故土缘。
且问人初食与色,
儒师每每放箴言。

---

* 木铎——古代警众之响器(北师大校徽标志物)

清平乐·感*

2014.6.26

抬眼望处,
恰沃天山牧。
古道西风人未驻,
已踏丝绸古路。

常迷秀美河山,
绝佳俱在疆边。
意远身于陋室,
谁知偌大空间。

---

* 离开四川甘孜又抵新疆

七绝·酒香

2014.7.13

满溅金樽即酒家,
醇香散溢不服花。
怎知醉饮英姿在,
最美香腮泛绛霞。

七律·宁夏行*

2014.7.16

宁心远眺遍多娇,
夏火懒风此顿消。
旅地千般情未尽,
程鹏万里意逍遥。
美哉塞上无怜泪,
不亚江南寓古谣。
胜境未失浑厚状,
收集词作两英豪。

---

* 藏头诗
* 两英豪——毛泽东、岳飞曾就六盘山、贺兰山留有词作

七绝·沙湖*

2014.7.17

清湖色暖苇随风,
暮染金沙驼队行。
波荡孤舟鸥跃起,
贺兰守望水生情。

---

* 沙湖中所见四景

五绝·登六盘山
2014.7.17

天高风爽至，
翠绿六盘山。
云淡中峰立，
仙游正半间。

十六字令(三首)*

2014.8.2

天,
又是朦霾似灰烟。
登高望,
不见有青山。

天,
周末本应室外闲。
不得已,
暂且做"宅男"。

天,
时令风光在草原。
家居处,
何处放天蓝。

---

* 盛夏雾霾天有感于此刻北方草原碧蓝壮景

七律·又是八月八*

2014.8.9

六年转瞬梦缠萦，
奥运回眸喜泪凝。
只视世人欢盛会，
安知我友意随行。
王公可恨红章秀，
受者无羞赤子情。
好似投石涟泛起，
曾经感慨怎潮平。

---

* 因友人刻奥运章所作
* 王公——王玉彬

卜算子·玉渡山[*]

2014.8.9

晨露打鞋湿,
不晓临高处。
坠嵌平湖似玉珠,
翠绿盈双目。

花叶已知秋,
雀鸟独觉悟。
郊景谁言不上乘,
玉渡山独秀。

---

* 玉渡山——位于京城北郊

七绝·秋光

2014.8.13

夜静卧听细雨声,
横吹面冷晓秋风。
京城坐待新涤后,
飒飒萧萧万里晴。

如梦令·应《秋》致好友*

2014.8.19

秋似酒香醇厚,
往事烟花依旧。
再抚喜哀愁,
岁月世尘参透。
回首,
回首,
满地落英舒袖。

---

* 借用德平《秋》致好友词句所得

五律·题门前景

2014.8.24

日斜西岭近，
昆玉水清流。
岸柳随风摆，
云霞自在游。
踏青芳露扰，
飘叶已识秋。
小景隔窗品，
好天且再留。

七律·珠江夜*

2014.8.27

风起微波舞自翩,
潮头渔火恰阑珊。
花城月下蛮腰塔,
爱侣江边蜜意缠。
巧遇回眸无忍扰,
维持静寂一丝甜。
此间细语如潺水,
月夜珠江翠绿前。

---

* 蛮腰塔——广州广播电视塔

清平乐·秋雨回家路

2014.9.2

云低日短，
急步独擎伞。
雨叩湘竹声缓缓，
顿去歌扬舞转。

秋踱雨润风凉，
凄凄叶落菊黄。
不必孤伤意懒，
枕得秋梦情长。

---

* 湘竹——紫竹院密植竹林

水调歌头·中秋*
2014.9.8

云掩半明月,
清气贯如常。
胸中已无萧瑟,
醉眼视秋黄。
莲逝空留残叶,
金瓣悄然匝地,
拈起秋海棠。
袅袅坠弯柳,
幽静水秋长。

---

* 金瓣——小菊花瓣
* 老酒——黄酒

小记抒怀（精选）

谢 璞

烹肥蟹，
煮老酒，
不急尝。
无端思友，
何当陪尔饮桌旁。
咫尺仍难谋面，
百里时常传话，
君问为谁忙？
杯酒额头举，
月下尽安康。

七绝·福建乡间

2014.9.16

坪间晚稻已微黄,
竹下农家煮饭香。
嬉水孩提夕日下,
不识何处是天堂。

七律 · 到东山岛*

2014.9.18

清香才捧密竹间，
转眼飞花碧海天。
不舍农家乡土趣，
得临沙屿浪涛欢。
途中且品茶福鼎，
落住抛囊岛东山。
窃喜夜来风缓缓，
轻波卧枕睡摇篮。

---

* 从江西乡间到福建海边
* 东山——福建岛屿
* 福鼎——茶品牌
* 抛囊——卸下背包

七绝·东山晨曲
2014.9.19

晨曦一抹远方白,
犹梦东山细浪拍。
还见浅滩昨日印,
水天一线小船来。

五绝·闽之趣（四首）*

2014.9.20

余晖竹更翠，
农舍袅炊烟。
白羽撩溪水，
居中已若仙。

信步临江岸，
悠扬载舞时。
斑斓不夜色，
安断小城池。

---

* 白羽——白鹅的羽毛

暮尽沙滩窄,
涛声入夜隆。
跪沙捉对饮,
潮起酒杯空。

台湾堪宝岛,
大陆尽南端。
放远倚栏眺,
乡愁道万千。

七绝·秋分菊韵

2014.9.23

不想秋光已半分,
枝头菊韵傲芳群。
花团最美斜阳看,
冷雨飘来洗落尘。

沁园春·国庆

2014.9.30

红晚连山,
落影清流,
雾霭已消。
感云烟过眼,
蹉跎岁月;
城池叠茂,
山水多娇。
六十五年,
星移斗转,
欲领全球风与骚。
迎国庆,
赞秋实硕累,
红色旗飘。

小记抒怀（精选）

谢 璞

改革热浪成歌，
促上下国人勇赶超。
想科学发展，
全国共勉；
根除腐败，
离鞘出刀。
悠久中国，
泱泱华夏，
文化图强气势高。
来年梦，
共登高望远，
俱是英豪。

清平乐·郊外农舍
2014.10.2

拒马河畔,
小路林间转。
舍妹邀约农客栈,
暂避喧嚣一片。

青山远眺峰奇,
碧波近揽涟漪。
何谓人间山水?
雀鸣耳畔风徐。

如梦令·中山古镇*

2014.10.10

古镇半山悬挂，
摆货家家出价。
小妇倚门廊，
茶饮葛黄荫下。
闲话，
闲话，
别是一番图画。

---

* 中山古镇——位于重庆中山镇半山上
* 葛黄——葛黄树

忆秦娥·再赴新疆

2014.10.14

天山暮,
红黄点染深秋处。
深秋处,
林渐疏阔,
叶着霜露。

西行独下援疆路,
乘风借势图新步。
图新步,
举头环顾,
聚贤无数。

虞美人·等菲菲回家

2014.10.24

天公叩借秋时景，
重现清光影。
悄悄夜静已无风，
灯下无人深巷雾朦胧。

昏忙总是回家晚，
约过夕时返。
闲踱往复自家宅，
翘首何时娇女夜归来。

如梦令·生日

2014.10.26

转瞬五十将五,
难以桩桩回首。
自问好心情?
应有那须尽有。
能否,
能否,
能否释然持久?

七绝·霜降节气

2014.10.30

小林落木泛深红,
秋尽湖生雾霭浓。
独步池边霜露打,
方得秋韵味无穷。

虞美人·和玉彬《玲珑塔情怀》*

2014.11.2

黄昏旁坐玲珑塔,
斑驳留青瓦。
随风落叶晓深秋,
点染夕阳余韵未曾休。

绿黄且让红枫色,
凄美轻飘落。
拾得一片惹心扉,
愁意不绝思绪已难挥。

* 玲珑塔——北京昆玉河畔原慈寿寺内建筑

七绝·沙地榆*

2014.11.5

苍茫大漠正秋分,
孤寂沙榆总傲魂。
无惧周遭凄切状,
根深叶放报来春。

----

* 沙榆——沙漠中一种榆树

清平乐·徽风皖韵[*]

2014.11.13

名山叠翠,
人为香茗醉。
徽派一声成国粹,
难断几多之最。

民居黛瓦白墙,
歙宣笔墨文房。
商贾儒家融聚,
徽风皖韵悠长。

---

[*] 感慨徽皖风韵

七律·七彩云南*

2014.11.21

金沙江绕几徘徊，
梅里神山白雪皑。
版纳雨林呼润彩，
哈尼梯稻叹奇才。
山歌大理风飘远，
古镇丽江雨寄怀。
旧旱码头繁景去，
山间铃响马帮来。

---

* 有感云南人文胜景

忆秦娥·秋风起

2014.11.30

秋风起,
枝头叶恋存无几。
存无几,
落残飘舞,
一番别趣。

微沙浅映橙黄地,
高天深碧难相弃。
难相弃,
秋冬颜色,
恰来相叙。

七律·绍兴新昌*

2014.12.5

上溯名城古越王，
厚积文韵不张狂。
兰亭沈园无暇顾，
老绍咸亨有酒藏。
妙语诗仙天姥彩，
禅音古刹新昌扬。
灶头小碗清鲜味，
未远提足已饱尝。

---

* 兰亭沈园——为位于绍兴两著名园林
* 古刹——新昌大佛禅寺

西江月 · 动画《清明上河图》
2014.12.19

漫展精工长卷,
扑来盛宋风俗。
活脱清明上河图,
灵动千般人物。

河上虹桥衔路,
茶楼酒肆人出。
汴京闹景复春苏,
庭市还绝深处。

清平乐·平安夜*

2014.12.24

夜阑静月,
冬至寒无雪。
又是一年平安夜,
何处飞来诗阕。

移棵圣树厅堂,
虽无颂乐炉旁。
若肯清风手捧,
推出遥祝安康。

---

* 圣树——圣诞树
* 颂乐——唱诗乐

菩萨蛮 · 夜入长安*

2015.1.22

周秦汉唐别来梦,
长安入夜喧嚣盛。
八百里秦川,
数千年璨鲜。

碑帖难尽数,
李杜绝诗赋。
轻步趁风捷,
月明谁忍别。

---

* 碑帖——西安碑林
* 李杜——李白、杜甫

如梦令·春饮红茶*

2015.2.10

坐畔临观茶道,
酥手青瓷叠绕。
垂目品回甘,
料想热泉三泡。
极妙,
极妙,
香满散出春闹。

---

* 福州西湖畔茶社品茗
* 酥手——茶技师秀手

七律·小顾福州和柘荣*

2015.2.12

有福之州又西湖，
月洒湖光莫道熟。
闽妇茶工倚巧广，
正山小种沁香独。
柘荣物产缘其特，
百姓家风本自如。
此镇晨曦忽寂静，
全无昨夜小年俗。

---

* 正山小种——福建武夷山一种红茶
* 柘荣——福建宁德下辖县

西江月·梅在吟*
2015.2.3

环顾京城时下,
忽如散落梨花。
迎春飞舞到千家,
久未识得年画。

漫雪飘堆枝杈,
谁敌争俏梅花。
幽幽暗韵且寻她,
笑唱临风独霸。

---

* 梨花——雪花
* 年画——过年下雪画面

七绝·无题*

2015.2.14

月上徐徐月影随,
闲愁两处一相思。
天清花乱期蜂至,
爱若充盈蕊化湿。

---

* 为情人节题做

忆秦娥·话剧《王府井》

2015.2.15

王府井,
一出大戏沧桑景。
沧桑景,
百般人物,
亮活卓颖。

守德守业应觉醒,
民族精气宜恒定。
宜恒定,
风云变幻,
问谁执柄?

七律 · 春节*

2015.2.23

将昏对坐饮屠苏,
欲效孩提弄爆竹。
岁首曈曈熙万户,
元初奕奕换千符。
山前色变朝晖暖,
巷陌春催矮草熟。
原本节俗驱旧病,
人间已换祈吉福。

---

* 借引王安石《元日》

卜算子·眉山苏东坡*

2015.3.4

眉县水连山，
油菜凝花露。
小郡晨鸣灿沐朝，
名冠三苏故。

宋韵旷奇才，
天下修辞赋。
不拒珍馐命建堤，
惟叹何人物。

---

* 三苏——三苏祠
* 建堤——杭州修建苏堤

五绝·乡间

2015.3.4

蜿蜒乡土路,
回首菜花黄。
塘绿群白鹭,
浮游潜颈忙。

七律·上元晨日在南溪小城*

2015.3.5

倚窗江望雨烟濛,
万里长江第一城。
昨夜花灯全户挂,
今晨旧道少人行。
何时细雨涂灰黛,
那处烟花渐轰鸣。
枝俏谁人春弄闹,
将得此夜月当明。

---

* 灰黛——近水浅灰,远山墨暗

鹧鸪天·早春夕下颐和园*

2016.3.13

春早昆明碧水凉,
清幽万寿满阁香。
风推波皱失折影,
日落霞飞见暮光。

新树下,断芦旁,
游鱼暗潜小鸭忙。
间隔岛屿疏烟柳,
晚照西堤亮带长。

---

* 亮带——如同明亮的带子

如梦令·郭守敬纪念馆怀古*

2015.3.18

守敬恒持其志,
少小专心奇事。
变幻百春秋,
学技可咨天地。
才智,
才智,
尽数不凡遗迹。

---

* 郭守敬——元代天文学家、数学家、水利工程专家
* 可咨——探寻、对话

五律·春分[*]

2015.3.21

至此尘霾淡,
周遭彩复还。
日熙旁地暖,
风紧满天蓝。
柳绿桃花粉,
山幽涧水潺。
春光划过半,
来季逾前番。

---

* 尘霾——雾霾
* 来季——明年

清平乐·美丽广西*

2015.3.30

野芳翠绿,
三角梅妍丽。
万种风情谁不醉,
方醉始得意味。

彩裙旁侧婆娑,
回眸壮女秋波。
三月三时尚早,
依然大地飞歌。

---

* 彩裙——壮族姑娘着装

七绝·清明时节[*]

2015.4.5

清气怡新沁草芳,
明昭日暖泄春光。
时令踏起催青步,
节至人人野采忙。

---

[*] 藏头应题

如梦令·京北古长城*

2015.4.8

春至微寒郊外，
山杏乍白枝摆。
蟠龙古长城，
断壁破垣神在。
风采，
风采，
再叹匠心承载。

---

* 蟠龙——怀柔一段古长城名称

七律·登京北蟠龙古长城*
2015.4.9

时节当予踏初青,
牵手驻足古堑城。
野外春心将入晚,
枝头杏蕊始出迎。
蜿蜒绵亘神龙韵,
断壁残垣燧火情。
望远登高苍蔚处,
江山何等任君行。

* 堑城——城墙深断裂处

鹧鸪天·飞花四月天*

2015.4.20

最美人间四月天,
忽如飘雪亦奇观。
红芳绿柳都一处,
白絮黄绒在此间。

杨挺舞,柳垂翩,
闹来春意恼平添。
世间总叹春时短,
拂去飞花且探欢。

---

* 恼平添——花絮烦扰

鹧鸪天·途经三亚*

2015.4.28

半岛斜山对望云，
天涯浪漫有谁寻。
连天碧海难识远，
遍地琼崖总放春。

烟岛韵，锦帆魂，
长湾细浪入沙滨。
夕阳谱就霞光曲，
南岸椰风自是纯。

---

* 烟岛——远望碧海如烟之岛屿
* 锦帆——白帆快船

七绝·闻雷雨

2015.5.17

忽闻山远间雷隆,
雨落偏增暮霭浓。
悻悻推窗西在望,
何当霁后泛新虹。

卜算子·日内瓦湖畔*

2015.5.22

月下远征程，
日内瓦湖畔。
斜望勃朗第一峰，
花艳欧庭院。

别去两三年，
此后时常恋。
不断"哈罗"向路人，
醉美依心灿。

---

* 欧庭院——瑞士有欧洲后花园之称

醉花阴·和小屈《福海暮春》*
2015.6.1

春暮正值初夏入,
绝景居幽处。
倩女捕清心,
闲度皇园,
墙断停春步。

回身福海强夺目,
绿影生深处。
色暖洒空山,
隔岸寻花,
心画堪无数。

---

* 圆明园初夏景
* 小屈——同事

七律·读未名诗人纪念长诗感怀*

2015.6.5

天招龙卷断舟行,
不尽风光水上倾。
凄雨泼来人寂静,
漫江滚处堰封凝。
千军力腕还魂魄,
万众合十祈圣灵。
诗境苦吟无怆意,
人间风雨总关情。

---

* 记"东方之星"客轮沉没事件

浣溪沙 · 端午假日*

2015.6.22

夏火蒸腾始仲阳,
独挨陋室假堪长。
苇青小粽未初尝。

遥想龙舟飞溅渡,
忽觉艾叶暗飘香。
何寻屈子觅诗扬。

---

* 独挨——自己消磨时光

满江红·铭记*

2015.7.7

晓月卢沟,
驰名矣、
沧桑数变。
回首望、
金戈铁马,
硝烟纷乱。
倭寇铁蹄行虐迹,
国人赤臂挥长剑。
恰当初、
热血涌心头,
全民战。

---

* "七七事变" 78周年

小记抒怀（精选）

谢璞

国耻恨，
今为鉴。
华夏难，
别重现。
领风骚不惧，
世间奇幻。
歃血齐心贼俯首，
赢得满处花芳漫。
在此时、
环宇主潮流，
和平愿。

卜算子·河套在望

2015.7.15

域北正前方,
放牧青青场。
万朵白云巧缀天,
极目苍穹朗。

赤脚荡沙丘,
回首阴山望。
九曲黄河一套弯,
浑慨难名状。

七律·入住花园邨

2015.7.17

花园邨至即思休，
城闹偏来此地幽。
树下枝头双鹊唱，
芳坡墙角一潺流。
虽当夏热除心躁，
正是黄昏入梦游。
北境葱葱多妙处，
喧中取静问何求？

如梦令·申冬奥会[*]

2015.7.31

坐室飞来欢帖,
难掩一丝心悦。
众里梦寻她,
京北望飘冬雪。
谁解,
谁解,
他日热忱冰血。

---

* 记北京、张家口联手申冬奥成功
* 欢帖——喜讯

七律·悼父*

2015.8.7

生死茫茫万世情,
安详撒手未心惊。
天泼骤雨携吾泪,
地滚沉雷为父行。
未睹先尊严与厉,
常闻词赋仄和平。
别离但寄关爱暖,
驾鹤超然运圣灵。

* 2015年8月1日雨夜,父病故

七律·中国唯一海岛边境县[*]

2015.8.31

大小长山不辨今，
鸳鸯港上共登临。
轻舟满网渔翁唱，
细浪微波落日吟。
碧水晴天缠诸岛，
和风暗夜替罗衾。
逢时恰好人疏静，
少扰枕涛唤梦新。

---

* 长山——岛屿名
* 鸳鸯——港口名

清平乐·抗战胜利日*

2015.9.3

晴空万里,
大道军魂起。
利剑长缨持手矣,
一展抗倭盛举。

追思往日雄魂,
今朝在望英群。
壮士国殇吟咏,
唤来万世祥云。

---

* 记抗战胜利日阅兵
* 大道——长安街

七绝·小住广州*

2015.9.8

白云山秀抵清霄,
道侧木棉透媚娇。
借路重攀大镇岗,
隔江又见"小蛮腰"。

* 大镇岗——广州雷达站所在地
* "小蛮腰"——广州广播电视塔

浪淘沙 · 海陵岛*

2015.9.9

辞皖粤西行,
绝美海陵。
不识小岛恰柔情。
一号宋船出水底,
更盛其名。

沙细日光明,
浪暖风轻。
夜捉沙蚂钓翁惊。
野趣头遭袭夜海,
嬉笑繁星。

---

* 从安徽赴广东至海陵岛
* 宋船——南海一号,宋朝宝藏沉船
* 钓翁——夜钓渔民

鹧鸪天 · 调研海洋观测站*

2015.9.10

博贺弯头测站前,
诸般装置入眸帘。
风潮看破迎豪雨,
浪涌闻来渡浅滩。

骑快艇,卧云天,
平台独赴又奇观。
身居涛上何其渺,
再悟邦兴始最艰。

---

* 博贺——广东茂名所属镇
* 平台——海上观测平台

开会于宽沟*

2015.9.21

红螺西峰下,
平湖大雁栖。
万般皆言变,
几彩不问昔。
沟宽已满绿,
小鸟诧人稀。
三朝无相顾,
今时仍若思。
池鱼出浅水,
落叶始渐凄。
入夜微寒潜,
抬手存露滴。
水云轩清静,
普洱香糯依。
佳人频笑语,
揽景当有期。

---

* 红螺——怀柔红螺寺

七绝·中秋月夜*

2015.9.26

中华此刻共生情,
秋意浓馨坠叶凝。
月色城光浑对映,
夜风细卷自轻鸣。

---

* 藏头应题

鹧鸪天·十月一日玲珑公园中

2015.10.1

晨起秋高朔气急,
人无往日马车稀。
双边柳绿枝摇胀,
一地芳秋叶抑低。

风渐静,日偏西。
园中处处语依依。
去年此刻如今日,
扑面花香万朵袭。

七律·观《毛泽东遗物的故事》感怀

2015.10.6

辞世伟人日渐长,
心中不落最红阳。
生前遗物说凡事,
逝去笑谈见睿祥。
国事桩桩彰傲骨,
民情件件付柔肠。
时光不惧长流水,
风物长存万古扬。

七绝·施州山里

2015.10.14

千山远望一青嶂，
近眼丛生几翠凹。
浅雾炊烟晨幕下，
山间散尽小农家。

菩萨蛮·恩施*

2015.10.14

红岩绿被武陵界,
环山百里悄行夜。
破雾待晨晴,
乡间鸡早鸣。

喀斯特洞地,
丘貌皆独立。
横斩断深崖,
清清江泛花。

---

* 绿被——树木植被

咏神农架林区*

2015.10.15

苍苍神农顶,
徐徐秋风寒。
弯弯依山道,
步步隘崖关。
重峦忽明暗,
层林透红杉。
沟壑清流涌,
银瀑几叠泉。
九湖浸泽地,
晓岚似纱缠。

---

* 九湖——神农架沼泽大九湖
* 小站——山区气象台站
* 同僚——气象工作者

神秘野人迹，
仙踪犹逝迁。
金丝猴部落，
幽居偶群欢。
小站三方矗，
枉盼一日还。
同僚坚守业，
超然不知难。
华中此屋脊，
装点四季天。

七绝·无题*

2015.10.20

夜光才现顿失喧,
下榻未歇渡浅滩。
烟淼潮叠听晚浪,
台高堤岸渐阑珊。

* 藏头诗

七律·长岛气象守业者
2015.10.22

长岛回潮打浪沙,
凭舷借势已登崖。
朝来黄海观升日,
暮至渤头赏落霞。
海上千舟将作业,
岸边万户富渔家。
都言此境常年有,
守业功当质无华。

钗头凤·蓬莱岛*

2015.10.21

临黄海,
霞光早,
远观波上风帆小。
清幽道,
环山绕,
遍青山麓,
水波烟渺。
好、好、好。

蓬莱岛,
玲珑巧,
聚仙山境凡人蹈。
斜夕照,
阁光宝,
蜃楼海市,
众相寻找。
妙,妙,妙。

---

* 凡人蹈——当地群众跳舞

如梦令 · 调研敏视达公司*

2015.11.5

轻洒细霏郊外,
袖里执约人在。
看气象之星,
设备顶尖千百。
出彩,
出彩,
同赴祖国时代。

---

* 敏视达公司——研发、生产新一代多普勒天气雷达的高科技公司

如梦令·锐锋常握*

2015.12.31

地转推来年末,
同事未甘孤寞。
预测破天机,
一展数值杰作。
同贺,
同贺,
谁予锐锋常握。

---

* 贺全球/区域同化和预报增强系统(GRAPES)业务化验收
* 数值——数值天气预报

十六字令(三首)*

2016.1.21

寒,
清冷忽来朔气绵。
刚抬眼,
风紧漫天蓝。

寒,
万物顿失往日喧。
桑田处,
大地欲冰磐。

寒,
未遇冬封越数年,
忙穿戴,
对面不识颜。

---

* 正值大寒节气

忆江南·深冬兴安盟*

2016.1.29

山丘地，
万物固封寒。
几处坪洼遗旧梗，
一双鸿雁向青天。
残雪覆兴安。

---

* 旧梗——枯玉米秸

虞美人·舞在联欢会*

2016.2.1

春熙又是节将至,
罢了诸闲事。
酒歌鸿雁醉人听,
踏韵翩翩还荡草原风。

戏装倩女平添艳,
粉面红唇点。
近身舞态最妖娆,
情动不觉重咏《念奴娇》。

---

* 倩女——计财司女同事
* 念奴娇——曾作词《念奴娇·十二钗》

忆秦娥·除夕夜*

2016.2.7

除夕夜,
千门灯火依情切。
依情切,
漫天精彩,
落花台榭。

每逢此刻乡愁解,
醇到香处不识烈。
不识烈,
醉怀春趣,
日朝心悦。

---

* 猴年除夕

清平乐·元夕*

2016.2.22

余晖还照,
千载春灯闹。
枝上新芽谁比俏,
回首阑珊才妙。

轻风渡暖元夕,
幼学光下猜谜。
狮舞高跷城内,
浅酌低唱相宜。

---

* 幼学——儿童

菩萨蛮·走访桂西南五县气象局
2016.3.3

丘陵平起峦十万,
千峋峰斩残云断。
花盛洒黄坡,
环飞三月歌。

雨绵霜雾季,
老少边穷地。
图变以为艰,
乘风不惧难。

七律·初春桂西南*

2016.3.4

壮域风情桂西南，
怀拥俊俏百千山。
旧州仍现前城貌，
巴马驻停老者颜。
大新缠岩德天瀑，
靖西跃鲤碧鹅泉。
扶绥满眼秋植蔗，
难却春风卷沃田。

---

* 首赴广西巴马、田阳、靖西（旧州）、大新、扶绥五县
* 巴马——著名长寿村

采桑子·有感颐和园*

2016.3.13

颐和栖踞西峰下,
西子悠然。
瓮起泊源,
水色山光几度闲。

亭台桥宇惟言妙,
不忆江南。
境过时迁,
帝墅如今百姓园。

---

* 西子——昆明湖
* 瓮起泊源——昆明湖的前身叫瓮山泊

水调歌头·纪念世界气象日

2016.3.23

世界气象日,
天宇展其颜。
平生几遇难事,
每每祈于天。
诸葛晨霾枉测,
公瑾东风不与,
安有美奇谈?
今奥运圆梦,
犹寄雨云缘。

小记抒怀（精选）

谢 璞

思万象，
求精准，
尚天然。
凭心而向，
遥看基业立前沿。
聚下聪灵巧手，
奉上及时佳品，
自信勿需谦。
放眼今朝后，
来日尽奇观。

七绝·北坞春意*

2016.3.23

传名北坞已无船,
妙设游玩借帝园。
红雨迎春泉塔下,
章台拂暖翠湖沿。

---

* 北坞——北坞公园(原皇家船坞)
* 红雨——桃花别称
* 章台——代指柳树

七绝·春光

2016.3.26

忽然天碧燕山近,
面暖知春又复回。
日下轻拂纤翠柳,
坡头散落小金梅。

五律·芳袭玉渊潭

2016.3.26

初芽春意写,
嫩柳暖如闲。
近水冬青洗,
宜遥草绿观。
樱白才染岸,
桃粉正映潭。
万朵玉兰俏,
千枝信子鲜。

七律·无题

2016.4.3

妆台对镜挑双眸，
秀丽娇妍异样柔。
长日隔栅邀美月，
会当聚友叙缘求。
不觉春早新光沐，
总是燕轻晚宿楼。
渐欲迷烦花眼乱，
清风借到剪闲愁。

如梦令·夜上海

2016.4.7

霓彩抹白天幕,
桡桨划开江雾。
问沪上人家?
唯美外滩独处。
轻步,
轻步,
夜静暗渲情愫。

七律·徐家汇气象博物馆

2016.4.8

青墙赤瓦小楼堂,
转角回廊风物藏。
繁册篇篇寻往事,
简仪款款悟沧桑。
雨歇云动逐年幻,
观天测象每日长。
不尽浦江不梦断,
贤达自古为谁忙。

醉花阴·中国诗词大会结束日有感

2016.4.15

午夜风急春雨细,
斗艳诗词会。
韵起宋唐风,
润色欢愁,
感到人常泣。

人生少趣无诗意,
不尽千年觅。
短句画无形,
意境低吟,
正是心中味。

七律·再赴秦淮[*]

2016.4.21

秦淮河畔挑灯红,
巷道乌衣客渐拥。
小肆作坊袭古貌,
北南魏晋品遗风。
名媛气度应犹叹,
雅士通脱隐笑中。
来去堂前多少燕,
寻常百姓恰从容。

---

[*] 七八句化用刘禹锡《乌衣巷》绝句

忆江南·秦淮夜*

2016.4.21

秦淮夜,
灯火色光鲜。
朱雀桥平宜望处,
乌衣巷短贵庭园。
虽醉却无眠。

---

* 贵庭园——王家谢家庭园

十六字令(三首)

2016.4.23

书,
储满珍藏恰似无。
千千字,
沉下意方足。

书,
四溢芬香此味独。
滴滴墨,
日久自相濡。

书,
陌处周边借问熟。
长长路,
执尔步新途。

七绝·傣家小寨*

2016.5.4

微燻老木矮篱亭,
画壁麓川古战风。
才破竹门香四溢,
傣餐正盛伴鸡鸣。

---

* 麓川——麓川王朝

卜算子·瑞丽

2016.5.4

放眼远山岚,
踏遍足尖软。
茂起修竹野筑坪,
绿叶红泥染。

四溢傣风情,
如玉边城婉。
沿岸升歌摆雀屏,
瑞丽江波缓。

忆秦娥·连云港西连岛*

2016.5.11

连云港,
暮霞洒处金波晃。
金波晃,
孤舟唱晚,
渔歌回响。

长堤直入车频往,
山头寂寞观天岗。
观天岗,
望平天海,
几多遐想。

---

* 观天岗——气象观测岗位

七绝·夜临御码头*

2016.5.12

清光淡映旧河上,
御制龙船御柱扎。
亭外冶春悄踏步,
扬州夜半乱飞花。

---

* 旧河——扬州古运河

晨步瘦西湖随笔

2016.5.13

晨步瘦西湖,
哪觉西湖瘦?
时过烟花无,
唯留满园绿。
错落古亭楼,
恰都烟雨处。
台榭似相熟,
道来皆掌故。
野鸭澄水浮,
景胜禽稍驻。
扁舟总识途,
客人扶看渡。
众相生自如,
回眸陶然路。
不知最美图,
竟是眼前处。

清平乐·东湖晨望

2016.5.17

红霞晨上,
花鸟争欢唱。
翔鹭潜啄波荡漾,
水影山朦近望。

主席偏爱东湖,
海光台榭相濡。
人若置身四季,
景观不逊西湖。

鹧鸪天·天堂寨顶[*]

2016.5.24

瀑泻天塘壁上吟，
寨中原始遍茂林。
飞身鄂皖一足踏，
峻岭江淮两水分。

石道旧，台站新。
风云变幻敢问津。
眼前山雾忽然重，
自信呼出朗日临。

---

[*] 天堂寨顶建立起综合气象观测站加密气象观测

七绝·夜读*

2016.5.24

小城寂静睡将熟,
抱卷乏迟夜下读。
润色章节书者意,
潜心诧我往常无。

---

* 小城夜读余秋雨《寻觅中华》

菩萨蛮·天柱山*

2016.5.25

中原翘首擎天柱,
黄山九子亦应妒。
仙石飞上崖,
朝夕观瑞霞。

横斜无不险,
云罩缠峰变。
俯下涧溪鸣,
翠竹湿地生。

---

* 九子——九华山

端午一日*

2016.6.9

日高朦霾仍重,
帝都窘境寻常。
赚得端午假日,
谁人无端赖床。
乘兴郊游野外,
耐心岖路绵长。
摇曳山脚枝绿,
整齐田间麦黄。
小屋炊烟才现,
大灶青粽待尝。

---

* 长线——拉网

清溪缠抱山麓,
村郭倒影安详。
飞流浅滩竞渡,
长线深水围塘。
峰峦环嶂夜早,
尽数几处荧光。
忽作雷鸣电起,
顿失鸟语花香。
晚风携来凉意,
落雨拒马河狂。

卜算子·北大荒路上[*]

2016.6.14

远望北粮仓,
时令才播种。
如镜畦间翠稻齐,
遥想秋黄涌。

转眼乱云低,
骤雨随风动。
洗过平川日下新,
黑土油香重。

---

[*] 秋黄——秋季丰收

七绝·东极黑瞎子岛[*]

2016.6.15

信步山河叹日长,
一抔热土慨国疆。
东极此地临风伫,
谁敢吾先向曙光。

---

[*] 首赴中国陆地最东端

七绝·东隅小镇*

2016.6.15

边陲早旭最东方,
未尽西风偶乍凉。
江上孤帆舱室满,
岸头小镇卖鱼忙。

---

* 小住东北小镇同江

鹧鸪天·参观八岔赫哲族乡八岔村[*]

2016.6.15

月末北疆始渐荫,
初识八岔已然亲。
炊烟笼上青蓝瓦,
歌舞眷于赫哲人。

黑土地,本族民。
习总跋涉入新村。
往昔不尽家国事,
问罢寒凉共看今。

---

* 习总书记5月下旬视察过八岔赫哲族乡八岔村

虞美人·将登泰山

2016.6.21

群山踏遍独缺岱,
此岳心中在。
忽觉近日案头空,
当断轻装趁早赏其峰。

圣人登顶小天下,
多少君移驾。
平川孤傲始觉巅,
更有人文渲色诩神山。

七绝·赠泰山气象站职工

2016.6.22

日观峰处测云台,
半小楼阁志在怀。
泰岳岩岩独一哨,
天生有用必吾材。

忆秦娥·泰山

2016.6.22

岩岩顶,
雾环峰谷笼烟影。
笼烟影,
丹崖玉宇,
若临仙境。

天人合契生奇景,
独尊五岳风骚领。
风骚领,
文渊厚重,
紫光斜映。

七绝·暑热

2016.7.13

高照无斜炎日影,
浅塘平望霭升腾。
园空风静生灵懒,
唯剩雄蝉杈上鸣。

浣溪沙·黔南山间高速路上*

2016.8.4

天坠云低恰雾岚,
白屋偶见草坡间。
山间满翠耐人看。

东去清溪千百转,
西来阔路几十弯。
万峰一跨荡黔南。

---

* 阔路——贵州高标准高速路

七绝·布依族女子"炮兵"班*

2016.8.4

呼风唤雨任谁停，
纵有阴云火炮鸣。
炮站女兵皆飒爽，
布衣曲调尽风情。

---

* 气象人工影响天气作业女子班

清平乐·最大射电望远镜*

2016.8.5

人间天眼，
寻探何其远。
山坳银锅苍穹揽，
万类平塘齐叹。

恰雨霏落泥泞，
疾步小道环行。
难阻登高下望，
一番别样激情。

---

* 天眼——射电望远镜
* 平塘——贵州平塘县

五律·若尔盖旅者

2016.8.9

闻名若尔盖,
草甸自生香。
天地蓝白绿,
山花赤紫黄。
高原长道窄,
轿乘小轮忙。
五色经幡展,
游人兴正狂。

西江月·红原*

2016.8.10

翠绿绵延满眼,
云白低坠天蓝。
苍鹰随处几盘旋,
不败小花草甸。

往事忽然浮现,
凄凄撩动心弦。
红军跋涉过荒原,
独具史诗浪漫。

---

* 红原——周恩来题红军长征走过的大草原

西藏三地行*

2016.8.14

神圣西藏,
壮丽高原;
世人向往,
梦幻奇缘;
八月美季,
再踏山巅;
林芝旖旎,
藏地江南;
雅江浪滚,
不尽其欢;
墨翠林海,
一望无边;
鲁朗小镇,
精嵌山间;
石锅鸡菌,

---

* 班公——班公湖

众醉于鲜；
藏北阿里，
秘境荒原；
顿失草绿，
满眼苍岩；
神山鸟瞰，
覆雪云缠；
班公水静，
深透生蓝；
青石岩画，
史迹渊源。
首府拉萨，
日光名传；
红白宫殿，
超绝非凡；
大昭佛寺，
文宗意禅；
暮色悄染，

灯火骤然；
拉萨河畔，
盛世新颜；
酥油茶郁，
糌粑指间；
牛羊水煮，
渍溅衣衫；
情歌天籁，
弦子翩翩；
宗教习礼，
僧俗转山；
独特记忆，
五色经幡；
世间高脊，
居上心宽；
空灵净地，
纯性平添；
白云低坠，
惟衬蓝天。

浪淘沙·记中国女排里约奥运夺冠
2016.8.21

场内战犹酣,
场外声喧。
臂击千坠彩球旋。
舞劲桑巴红帜展,
英气翩跹。

奥运梦魂牵,
逐鹿迭番。
泪噙汗洒望高巅。
侠女今朝得胜手,
完胜齐欢。

忆江南·写于G20峰会前（三首）*

2016.9.2

山湖美，
西子望峰柔。
烟雨八方拂月夜，
古今十景荡心头。
最忆是杭州。

清灵地，
龙井占头筹。
西湖醋鱼东坡肉，
越吴绢扇河坊绸。
醉意在杭州。

峰头聚，
开启万家谋。
江水依依惟桥系，
传说娓娓尽缘由。
回首共杭州。

---

* G20峰会将于2016年9月4—5日在杭州召开

采桑子·秦岭*

2016.9.4

云横秦岭巴山雨,
蜀道行难。
旧日蓝关,
隧道而今跃上巅。

北南横断难同季,
始自天然。
太白神仙,
眼下游人尽放欢。

---

* 太白——秦岭顶峰太白山

七绝·汉中茶园*

2016.9.5

登高回首夕阳照,
万顷茶园翠万梯。
午子仙毫叠暖雾,
芽头浸润正香时。

---

* 午子仙毫——当地名茶

菩萨蛮·腊子口*

2016.9.7

甘南迭部青崖断,
湍流石滚飞花乱。
山远渐云稀,
谷低风更急。

天然腊子口,
我辈今重走。
故事总传奇,
来人志不移。

---

* 迭部——甘肃迭部县

七律·甘南夏河*

2016.9.9

藏地高原北走廊,
正值秋色夏河旁。
驻足坪甸着青毯,
举目石崖裹赭裳。
山坳林间生古寺,
酥油灯影映佛墙。
晨钟破晓惊飞鸟,
已是梵音满庙堂。

---

* 古寺——甘南拉卜楞寺

鹧鸪天·秋天一定要住北平*

2016.9.10

老舍曾言秋北平,
文词流淌润秋情。
山蓝天碧溪流缓,
果脆瓜熟蜜液盈。

凉爽至,燥烦停。
层林色重鸟争鸣。
云霞每晚红妆客,
笑请庭中不远行。

---

* 感老舍作品《住的梦》对秋天的描写

十六字令(三首)*

2016.9.12

秋,
慢步微寒暑渐休。
蝉鸣退,
都内好行游。

秋,
天透山蓝始忘忧。
西山近,
自在晚霞悠。

秋,
满绿独芳已害羞。
层林染,
落叶乘溪流。

---

* 北京之秋
* 都内——城内

忆秦娥·坝上秋光

2016.9.28

塞罕坝,
秋光如笔染成画。
染成画,
山林色重,
日斜之下。

草黄万顷闲情马,
平湖静谧鸿鹄踏。
鸿鹄踏,
水涟重绘,
美哉一刹。

清平乐·乌兰布统之晨*

2016.9.29

穿梭坝上,
朝日登高望。
秋狝木兰凭谁让,
角鼓依稀回荡。

远方浅草凝霜,
近前白桦叶黄。
未见薄纱凹处,
晨风阵阵秋凉。

* 秋狝——古代秋季打猎

七律·参观毛主席韶山故居*
2016.10.9

身于山坳满冲青,
临水恰难心绪平。
韶乐他时仙凤舞,
山田今日雏鸡鸣。
怀仁天下贫民苦,
念旧沧桑风雨情。
主道浑然诗刻嵌,
席卷大地遍英名。

---

* 藏头诗
* 冲——坝子
* 韶乐——韶山因舜帝奏《韶乐》得名

七绝·湘西高速

2016.10.10

湘西腹地万千山,
隧道三十转瞬穿。
霭罩层林初待染,
即来色重好时间。

卜算子 · 深秋小聚*

2016.10.31

飘叶又秋深,
最喜枫林晚。
落日朝霞此季独,
无奈天光短。

色重恰情浓,
将饮心头暖。
蝶恋花厅蜡泪红,
醉看花容展。

---

* 聚餐于蝶恋花厅

七绝·题晚秋*

2016.11.2

西峰塔下秋光尽,
阵阵金风剪叶疏。
不退残云夕照弱,
塘深只见碎荷枯。

---

* 西峰塔——玉泉山塔

七律·遥看鼓浪屿

2016.11.10

浪冲响鼓久成名，
白鹭低旋偶见停。
秋尽冬来新润色，
岩青水绿待苍晴。
名楼雅墅谁家住，
短巷狭街旅者行。
近海横隔实未弃，
屿台无处不琴声。

五绝·风

2016.11.14

一夜疾驰过,
枝头几片留。
忽别前日雾,
顿去奈何愁。

鹧鸪天·清晨

2016.12.4

渐去晚风不再狂,
今朝变换好晨光。
驻车恰免忧心堵,
徒步方能畅意凉。

灰便道,小作坊。
油条煎饼蛋花香。
隔园小榭翩歌舞,
都市别风韵味藏。

清平乐·凉山州昭觉山路*

2016.12.8

横穿雾霭,
放步凉山脉。
偶见林间彝族寨,
乡土风情格外。

新修弯道千盘,
红坡背雪遗残。
不晓夕阳山下,
顿时四面生寒。

---

* 背雪——背坡积雪

七绝·邛海

2016.12.10

万绿时节已是冬,
一城山色半湖拥。
正逢邛海烟波晚,
朝日倚栏听晓风。

忆秦娥·风云四号卫星发射记*

2016.12.11

风云四，
夜阑长啸新出世。
新出世，
婀娜飞去，
凤眸桑地。

精英寂寞捐国技，
平添吾辈凌云志。
凌云志，
倚得利器，
探询天日。

---

* 凤眸——卫星遥感器

采桑子 · 暮至南澳岛

2016.12.26

余晖还照南天海，
半壁红霞。
细网横拉，
满载小舟起浪花。

黄岩翠抱长湾静，
水鸟啄沙。
海上渔家，
柴灶独鲜煮对虾。

七绝·南澳

2016.12.27

一夜岩礁戏海狂,
千舟逐浪沐晨光。
沙湾暮至忽然静,
客到炊烟半掩房。

南乡子·随感于腊八和小寒[*]

2017.1.10

腊八会小寒,
巧遇双节道寒暄。
薄幔覆州常弄影,
绵绵,
正冷朦胧一色天。

远望对窗难,
怎晓匆匆又一年。
难却芜杂堪胜手?
悠然,
冬尽春生几度闲。

---

[*] 薄幔——雾霭纱状

浣溪沙·会议间赴吴江气象局

2017.1.12

冬末贤集聚夏阳,
朝辞沪上向吴江。
画看墨淡美鱼乡。

旧日古城濛细雨,
新时测站巧亭廊。
盛今吴越又张狂。

清平乐·同事年前聚会

2017.1.24

朗夜聚会,
擎酒同君醉。
犹忆此前开颜泪,
谁晓纷繁几岁。

匆匆逝水流长,
隐隐灿烂忧伤。
纵是淡稀青涩,
无时不溢春光。

观全球华人春节音乐会盛典*

2017.1.26

国家大剧院,
坠嵌长街旁。
缓缓垂夜幕,
圆穹透荧光。
殿堂飘圣曲,
乐池溢华章。
琵琶珍珠落,
提琴弦上狂。
银笛宛泉涌,
风琴自悠扬。

---

* 器中王——钢琴

小记抒怀(精选)

谢 璞

律动闻号鼓,
绝色器中王。
夜莺孤啼远,
洪钟音绕梁。
和声天籁寂,
执棒定中央。
华人国际范,
俊俏青少强。
交响此盛宴,
佳节更吉祥。

醉花阴·除夕北京*

2017.1.27

炮仗声浓催旧夜,
漫宇花不灭。
唯美望京城,
短巷长街,
五彩灯摇曳。

微风潜入天清冽,
应景需吹雪。
万户挑新桃,
道福余音,
都与情依切。

---

* 旧夜——除夕夜
* 漫宇——天空

七律·冬日漫游香山植物园

2017.1.31

冰封溪断草枯寒,
曾几樱桃洒满园。
斜照冬阳长地影,
平悬木栈半山间。
风轻幽尽惟曲径,
叶落高擎只水杉。
树上翻飞鸣喜鹊,
踏石仰首放天蓝。

七绝·冷

2017.2.9

昨夜朔风寒气杀,
碧潭早固起冰花。
园中已是少来客,
池岸柳枯正映霞。

浣溪沙 · 元夕于颐和园西堤

2017.2.11

料峭枝疏已越冬,
春风划过正冰融。
佳节闲步颐园中。

堤外残阳浓血色,
廊间灯画透玲珑。
渐闻十五爆声隆。

卜算子·在青岛

2017.2.15

红瓦绿丛中,
移步登山顶。
八载重回故地游,
犹叹得天景。

夜寂未人稀,
月洒滩头影。
漫饮轻歌卧向窗,
才梦波推醒。

五绝 · 黄岛小码头

2017.2.16

云霾满处灰,
海气裹寒微。
浅浪渔舟卧,
平滩海鸟飞。

菩萨蛮·再赴雅安*

2017.2.23

清晨即起游川蜀,
未期寒雪飞飘阻。
行旅恰疯癫,
全应蜀道难。

雅安三盛雅,
天漏为一甲。
夜雨落州中,
晨杉满雾凇。

---

* 疯癫——旅程一天变化多次

鹧鸪天 · 初春于峨眉金顶*

2017.2.24

千尺沟崖云雾横,
居高无物不冰封。
徐盘金赤峨眉顶,
揽尽银白锦绣峰。

平地雪,半山青。
层叠一脉见春冬。
素阁枝挂成精巧,
天下风光谁与争。

---

* 枝挂——小树挂

浣溪沙·春之南阳*

2017.3.7

淮水源头依旧凉,
麦田深处菜花黄。
一朝春色沁南襄。

两汉会都君帝始,
三国草舍智贤扬。
桑田亘古尽华章。

* 南襄——南襄盆地

卜算子·南阳武侯祠

2017.3.8

诸葛草茅庐，
十载躬耕地。
一对隆中卧龙吟，
天下三分计。

幄后设奇谋，
持扇担忠义。
两表出师蜀相心，
谁为英魂泣。

清平乐·夜闲襄阳古城外

2017.3.8

襄阳城外,
疾步长堤迈。
夜下汉江穿彩带,
主客人人自在。

回眸光炫方城,
放飞诸葛红灯。
忽作几多愿许,
别来一种心情。

七绝·早春

2017.3.11

天光正朗暮夕迟,
塘堰冰消硬土湿。
乍绽孤枝争艳处,
微黄细柳待青时。

采桑子·康定一夜*

2017.3.16

天边渐暗初霓闪,
山剪云层。
细步闲行,
晚雨轻风已酿情。

情歌康定谁无唱,
宛若凰鸣。
琼液高擎,
醉意溜溜不夜城。

---

* 《耳畔中国》节目中,一曲《康定情歌》引出在康定的记忆

忆江南·烟雨江南时（二首）*

2017.3.22

春时至，
江水罩轻纱。
烟雨扬城香满处，
子规梦境泪成花。
淡雅小人家。

楼台巧，
青道古街长。
几板吟成昆曲韵，
一挥书就便笺香。
醉意小城光。

---

* 几幅画片绘制江南优雅

忆江南·京城春雨

2017.3.23

京城早,
花伞彩交织。
细雨还凉春好味,
柳枝正绿雨烟时。
谁不为春痴。

七绝·清晨福州西湖

2017.3.31

层云低坠杳晨霞,
疏雨斜飘打面颊。
俏步福州西子畔,
人前碧翠替烟花。

如梦令·西湖岸外早

2017.4.1

日上化成薄雾,
滴露泛青石路。
溪浅映桃红,
樱树海棠千簇。
仙处,
仙处,
谁不蓦然停步。

七绝·西湖夜

2017.4.2

西湖如镜月光迷，
千簇桃红百簇梨。
渐近琵琶声入夜，
茶姑慢步水涟漪。

采桑子·清明
2017.4.4

河欢柳摆随风绿，
若隐楼亭。
闻鹊拂青，
满眼全然百卉盈。

一年又到春时醉，
惆怅听凭。
诗韵思情，
自有风清日月明。

卜算子·初登鹳雀楼*

2017.4.12

两盛蒲州城,
春意轻拂面。
趋步拍击雀应声,
日落楼郭淡。

登踏鹳雀楼,
俯视黄河岸。
自古名诗胜迹扬,
犹记王之涣。

---

* 两盛——唐代和明代是两个昌盛时期

水调歌头·长江*

2017.4.16

信步汉滩岸,
江上起新帆。
溯流千里遥望,
唐古拉雪山。
浩浩寒波齐汇,
滚滚东奔不尽,
且化海天间。
浸淌润疆土,
溅沫越崖关。

---

* 步汉口又观长江文明馆感

小记抒怀（精选）

谢 璞

远古迹，
桑梓地，
问根源。
神州独具，
虽有悲怆尽悠然。
巴蜀楚荆吴越，
多少沧桑记忆，
光耀正绵绵。
横纵一江水，
今日又诗篇。

忆江南·白洋淀暮春（二首）

2017.4.19

白洋淀，
风过水涟漪。
昨日残枯黄苇矮，
今时待长绿禾稀。
芦茂有来期。

白洋淀，
禾草野鸭栖。
淀上常期夕日缓，
渔翁快橹小舟急。
如画淡之极。

七绝·玉渊潭*

2017.4.30

水岸还疏纤柳枝,
儿时已为此湖痴。
随风摆桨霞波上,
疑是渔舟唱晚时。

---

* 儿时常嬉于玉渊潭

忆秦娥·登华山

2017.5.10

西峰险,
登高别样夕阳晚。
夕阳晚,
暮岚红罩,
万岩凸显。

天成斧破群崖堑,
雄侠书卷凭谁剑。
凭谁剑,
峻极之处,
世人如愿。

如梦令·华山气象站

2017.5.10

五岭西峰独险，
高矗观天台站。
淡漠予虚名，
问断雾风奇幻。
谁赞，
谁赞，
怀志寂寥无憾。

鹧鸪天·五月五*

2017.5.30

密布白杨绿柳长,
清心仲夏又端阳。
遥知溅沫龙舟渡,
似有轻飘艾草香。

屈子怨,草民肠。
长歌浪漫韵兮藏。
钗符艾虎雄黄酒,
千载民俗祈瑞祥。

---

* 长歌——楚辞

七绝·准噶尔盆地边道

2017.6.5

风杀百里荒戈壁,
偶见丘坡散绿枝。
古道西征谁拭泪,
从来大漠酿悲诗。

西江月·新疆西部

2017.6.6

戈壁长滩孤寞,
草原满甸丰繁。
西边落日醉西边,
景致身临方叹。

旧日风情西域,
今朝魅力河山。
天生歌舞总翩翩,
宛若新风拂面。

十六字令（三首）*

2017.6.7

风，
漠上游沙近地朦。
飞黄起，
犹见远山横。

风，
狂漫兮兮载大鹏。
平双翅，
孤鸟自冲腾。

风，
山口流急暖意生。
白杨细，
催绿染新城。

---

* 山口——阿拉山口

采桑子·喀尔坎特草原*

2017.6.7

纯鲜草色青绒毯,
滚动云霄。
汗血天骄,
牧曲长嘶别样娆。

余晖淡去昭苏晚,
月映天高。
绿甸银包,
才见炊烟帐外飘。

---

* 汗血——汗血宝马
* 银包——白色蒙古包

浪淘沙·题马头琴
2017.6.18

长尾系弓弦,
白马琴缘。
苍穹幻曲尽浑然。
最适牧歌长调缓,
蒙古风传。

狂骠卷高原,
万马齐欢。
忽来静谧掩青山。
悠怆长鸣天地远,
撩动人寰。

七绝·大连城[*]

2017.6.20

暮至正逢云起处，
城郭淡抹最相宜。
坐拥两海观风雾，
北领风骚谁不提。

* 两海——渤海、黄海

鹧鸪天·丹东鸭绿江畔*

2017.6.22

夏至横流带水凉，
岸头一锦一疏荒。
断桥残柱犹存恨，
缓水宽波渐逝伤。

朦暗夜，淡浊光。
平炉炭热烤鱼香。
微风耳语朝族女，
漫饮遥观话近邦。

* 断桥——美军所炸之桥遗迹

清平乐·观"复兴之路"展

2017.6.29

长路漫漫,
总与风云变。
指点英豪长画卷,
已是清眸泪溅。

古今多难兴邦,
不乏志士图强。
谁解沧桑正道,
雄心圆梦辉煌。

七绝·普洱[*]

2017.7.11

未临洱海眺山苍，
怯顾风情古丽江。
独憩思茅闻普洱，
共围厚案润汤香。

[*] 厚案——茶案

如梦令 · 寄宿景迈山中*

2017.7.13

遍绿茶山生雾,
云暗犹催夕暮。
小寨漫莺歌,
布朗哈尼拉祜。
随处,
随处,
景迈瓦叠园墅。

---

* 布朗哈尼拉祜——三个少数民族
* 瓦叠——拉祜族住房屋顶

采桑子 · 景迈茶园*

2017.7.14

几番细雨平添绿，
老树新尖。
景迈茶山，
云碎缠峰恍若仙。

南来嫁女七公主，
布朗流传。
当下茗园，
快意茶农旅者闲。

---

* 老树——古茶树
* 布朗——布朗族

七绝·版纳夜叙

2017.7.15

澜沧缓渡岸阑珊，
夜雨悄听不再眠。
恰暖椰风轻拭面，
婆娑傣女笑家还。

忆秦娥·海南州高原旱景*

2017.7.20

高原地，
云低六月荒山屹。
荒山屹，
草青疏浅，
正悬残日。

青杨无力干河泣，
盘旋少趣雏鹰去。
雏鹰去，
苍茫在目，
恰生凉意。

七律·记忆玉树结古镇

2017.7.22

旧郡新颜结古镇,
唐蕃古道贾商忙。
清流卡曲晨欢悦,
绿甸城郭夜未央。
舞乐锅庄凸靓女,
康巴赛马比雄郎。
天蓝正值登高望,
不舍多情梦藏乡。

七律·黄河源

2017.7.23

巡河远上问宗源,
巴颜喀拉冻雪寒。
旷野云穹滋芥草,
苍山腹地润清泉。
涓涓细流千滴汇,
滚滚长河九曲弯。
自古都吟天上水,
潮头涨落尽悲欢。

浣溪沙·赴呼伦贝尔草原

2017.8.1

梦幻呼盟大草原,
无垠草场近天间。
毡房散落在河边。

湾谷丘坡彰夏旱,
干风矮草惹人怜。
无端猜忌盛名传。

菩萨蛮·越过兴安岭

2017.8.2

兴安岭上低云布，
横穿万绿绵延路。
岚霭漫峰头，
忽来细雨柔。

坪间收麦晚，
油菜花才现。
东岭卧肥羊，
花牛舔草忙。

七绝·扎兰屯

2017.8.3

人言内蒙几销魂,
始悟为何扎兰屯。
寂寞文人桥索侧,
再多风景不思寻。

七律·盛夏阿尔山

2017.8.4

浆岩满眼绿中行,
细雨忽来又做停。
玫瑰峰叠红碇子,
杜鹃湖堰翠浮萍。
斜阳草场呈骄韵,
带水柳兰恰媚凝。
碧玉坑池天造物,
丽人白桦更夺睛。

七绝·初进河西走廊

2017.8.16

祁连山下走河西,
褐土黑云天渐低。
破断长墙边塞泪,
苍凉心上竟无诗。

浣溪沙·张掖丹霞*

2017.8.17

大漠荒滩半壁沙,
忽生重彩覆丹霞。
来人误认是涂鸦。

揽下新疆斑斓色,
集中粤北峻雄华。
逐一塞上此唯佳。

---

* 新疆、粤北都有丹霞地貌

清平乐·嘉峪关

2017.8.18

夕阳正映,
嘉峪雄关影。
独帜黄旌犹号令,
顿起狼烟意境。

已临万里西端,
不觉岁月绵延。
大漠长河依旧,
孤烟落日悲欢。

南乡子·三沙(初登永兴岛)

2017.8.28

水暖抚岩崖,
最美平观正晚霞。
嵌海明珠应自傲,
西沙,
泛卷蓝波浪上花。

翠润美人芭,
难觅新词为尔夸。
旧日渔光全匿迹,
三沙,
我恰征尘客到家。

七绝·小住永兴岛（一）
2017.8.28

碧岛环波浪打石，
斜阳树影万条直。
椰风晚送生凉意，
望海听涛惬意时。

七绝·小住永兴岛（二）

2017.8.29

天边渐亮映薄云，
战士出操破寂晨。
迷彩穿梭应是景，
疆防小岛铸军魂。

七律·三沙[*]

2017.8.29

富丽南疆秀色间,
云飞浪卷戏礁岩。
三沙海碧宜长望,
七屿沙白妙俯看。
百载椰林随意摆,
千只海鸟畅翱欢。
夜半航灯星做伴,
潮声渐近响南关。

---

[*] 七屿——七连屿

卜算子·五指山中*

2017.8.30

雨过待初晴,
作响千叠瀑。
捧饮清溪昌化源,
五指山深谷。

热带雨丛林,
快步孤山路。
万种繁枝不见天,
水满乡何处?

---

* 水满乡——五指山地区一个乡镇

七绝·晨于荟茗园

2017.9.7

绦柳随风少女裙，
楼台映日画梁新。
群欢锦鲤秋池碧，
渐腴天鹅典雅巡。

采桑子·西堤晚影

2017.9.11

西堤翠鸟嫌人少，
柳缀池边。
木舸流连，
舷下波漪涌上沿。

香莲忍别浮萍去，
还绿塘前。
翘苇金栅，
谁信初秋落日残。

七绝·初秋早观

2017.9.15

昨夜悄声冷雨稀,
斜阳将洒露台湿。
松间独坐闻啼鸟,
小径曲长散落枝。

醉花阴·鸟啼掠燕湖

2017.9.19

寂静园中天破晓,
一抹秋霞少。
画舫正悠闲,
燕去湖平,
更是烟波渺。

松间小径无人扰,
独坐闻啼鸟。
近绿远山葱,
叶透晨光,
自在清心了。

清平乐·闲聚*

2017.9.22

秋至丁酉,
四顾皆学友。
陋室熏浓清水酒,
把盏行觞聚首。

酒歌兴致平添,
微醺恰与言欢。
揖手兄台小妹,
借得浅草陶然。

---

* 浅草——店名

浣溪沙·校园红船展

2017.9.29

党史悠悠学子研,
展厅画舫荟茗园。
追寻一大忆从前。

烟雨楼边生绿水,
南湖波上荡红船。
初心勿忘代相传。

采桑子·园中秋雨

2017.10.9

才听夜雨屋檐泣,
即晓朦天。
半卷纱帘,
暗忖秋中早露寒。

庭深水洗丁香木,
色老枝间。
瑟瑟池边,
昨日幽街落叶填。

鹧鸪天·重阳前日

2017.10.24

几日无端细雨浓,
秋阴散尽不相同。
风疏雾霭西窗外,
日下残红侧岭中。

飞褐叶,落枯桐。
林荫巷道已枝穷。
池塘倒挂烟浊影,
夜冷霜寒岁岁重。

七绝·路旁*

2017.10.28

秋晚晴光醉晚霞,
悄来色重沁人家。
驻足坐爱枫林下,
霜叶深红不羡花。

* 化用杜牧《山行》

忆江南·同学（二首）*

2017.11.2

八方聚，
惟愿拓源渠。
示范人师谈世界，
怀诚学子话格局。
抱卷叹时余。

才相见，
无奈但将离。
恨短欢声如夏意，
别长倩影寄秋思。
揖手问归期。

---

* 中央党校世界格局进修班结业

鹧鸪天·徒步艰登嵩山气象站*

2017.11.14

秋暮山郭荡紫烟,
艰登太少两峰巅。
孤痕小径顽石乱,
满处高枝落叶残。

横马岭,侧云边。
谁知已逝旧堂颜。
武皇罪己抛金简,
测站豪情敢问天。

---

* 太少——太室山、少室山
* 武皇——武则天

菩萨蛮·嵩阳书院*

2017.11.15

嵩阳史迹名书院,
佛来道去丰儒卷。
古朴简幽洁,
书香仍未绝。

颂唐碑刻立,
额篆八分隶。
汉武赐将军,
清皇题对存。

---

* 额篆——碑额上的篆刻

鹧鸪天·借英华《渔歌子》*

2017.11.25

天地情结学子纠,
放言宏论似无愁。
风萧众汉千般意,
桃面双娇万物羞。

人已醉,事方休。
朝来梦醒点清秋。
风轻云淡山光重,
无尽霜天始忘忧。

---

* 党校毕业后九位同学首聚

渔歌子·咸宁

2017.11.30

盛有咸宁各美言,
泥钵烘炭炖竹鲜。
携冷雨,戏温泉,
门庭踱外桂花园。

渔歌子·咸宁金沙大气本底站[*]

2017.11.30

野散楠竹绿金沙,
无风稀雨吊轻纱。
如殿宇,若仙家,
将别暮霭落夕霞。

---

* 轻纱——雾气笼罩成薄幕

卜算子·桥牌*

2017.12.16

周末正佳时，
各路贤达聚。
万类棋牌不善玩，
唯有桥约戏。

南北小台桌，
坐定神闲意。
手握十三弄四方，
让纵擒拿技。

---

* 桥约——桥牌约定

采桑子·冬叙*

2017.12.19

天光渐褪城辉替,
还见云霞。
骤冷风刷,
万物寒中待肃杀。

明堂不夜金龙厦,
沪上人家。
笑语咿呀,
醉美伊人粉面颊。

---

* 明堂——饭店大堂

江城子·冬至*

2017.12.22

数九冬歌傍灶前,
热汤团,
口微甜。
宝鼎烹烟,
尚绿已茶闲。
亚岁都城仍未雪,
风渐静,
却清寒。

---

* 四、五句化用曹雪芹"宝鼎茶闲烟尚绿"

浣溪沙·沐北海晨光*

2017.12.25

点点渔舟北部湾,
薄霞一抹挂云间。
晨风恰好起白帆。

测塔独擎巡冠岭,
游人群伴聚银滩。
难得小憩一时欢。

---

* 测塔——北海雷达塔

七绝·涠洲岛崖头

2017.12.27

椰风唤醒日红出,
水浪轻拍岸绿浮。
渐尽征帆唯远影,
天然无饰海光图。

蝶恋花·芳华*

2017.12.30

花季人间当彩绚。
曼舞轻歌,
少女足尖慢。
恰与怀春人眷恋,
蓝天热土红旗展。

画影长焦叠片段。
逝去芳华,
仍忆纯情愿。
战场歌台光血染,
还留青涩无长短。

---

* 有感于电影《芳华》

如梦令·风中平潭*

2018.1.4

远去渔舟摇荡，
宝岛朦胧相望。
断叶摆岚城，
沙器乱岩谁让。
翻浪，
翻浪，
半夜卷涛还唱。

---

* 宝岛——台湾
* 沙器——沙塑

鹧鸪天·湄洲

2018.1.5

浪起云低四面瀛,
湄洲揽尽待天晴。
一族信众朝妈祖,
两岸平民祈圣灵。

君畅叙,客欢行。
临风赶海论潮平。
登高又见村红瓦,
浅映千礁自是情。

渔歌子·参观古田会议会址

2018.1.6

曾几精英放眼长，
依山滴翠话学堂。
强政治，统钢枪，
古田会议放光芒。

江城子 · 福建土楼

2018.1.6

黄墙黛瓦土楼群,
古藏今,
意纷纭。
匠器千年,
百代客家人。
鸟瞰方圆成壁垒,
青嶂处,
众相寻。

门前小妹弄茶新,
即湿唇,
已香薰。
青地楼中,
环顾俱相邻。
暮色炊烟檐上漫,
天下客,
笑迎君。

忆秦娥·寒冬宽沟

2018.1.17

宽沟院,
清寒掠过残枝乱。
残枝乱,
栈桥独卧,
凛封池面。

枯山四地迎风站,
林间已是人流断。
人流断,
如来冬雪,
素装奇幻。

七绝 · 欢庆除夕*

2018.2.15

欢愉春色旧年绝,
庆典无华万户别。
除去烟花稍逊彩,
夕拾朝卉即佳节。

---

* 藏头应题

渔歌子·奥运时光*

2018.2.20

奥运超绝遂梦圆,
十年飞逝几番闲。
言过往,论当前。
眉州醉饮意悠然。

---

* 眉州——指酒家

五律·正月初六步于中坞公园*

2018.2.21

寒尽叶仍枯，
丛林匿鹧鸪。
夕霞着色浅，
巧景落荒疏。
垄作民学久，
躬耕御用初。
依稀识旧坞，
却想那京都。

---

* 垄作——此处指特色农活

采桑子·灯节*

2018.3.2

东风料峭元夕至,
巷陌深长。
小吊梨汤,
旧画镂雕倚上墙。

呼出老酒新盅兑,
浅饮迷香。
人面春光,
暂借灯节聚一堂。

---

* 小吊梨汤——北京菜馆

浣溪沙·料峭张家界

2018.3.6

鬼斧天门万象杀,
仙成玉柱壑中插。
闲枝各异挂冰崖。

细雨轻风逐旧叶,
朦山雾岭待新花。
从来胜界看张家。

忆秦娥·远眺岳阳楼

2018.3.8

八百里,
洞庭料峭春波碧。
春波碧,
水拥台榭,
岳阳楼记。

旷达事物无悲喜,
楼观纵论仁人意。
仁人意,
壮怀天下,
古云今泣。

七绝·汨罗江

2018.3.9

源头修水汨罗江,
千载成名屈子扬。
抱死忠魂还愤恨,
骚歌傍水远流芳。

七绝·北京最晚初雪*

2018.3.17

乱影窗前早色昏,
桃枝料峭几芽新。
梨花恨晚方初俏,
不雪京城怎放春。

---

* 梨花——雪花

醉花阴·初雪日于昆明湖侧

2018.3.17

望断天光春色浅,
乱影飞花晚。
素裹旱城郭,
未雪时长,
那碍枝头暖。

无端信步园中苑,
总在西堤畔。
雪住却无晴,
恰似江南,
画栋烟波远。

七绝·三月赴巴蜀

2018.3.26

轻风哪管是西东,
暖叶温枝日不同。
正是烟花三月重,
扬州不赴却巴中。

江城子 · 蜀道难之剑门关*

2018.3.26

夕时向北望川疆,
翠云廊,
剑阁藏。
峭壁石痕,
沙场断崖旁。
一赋太白三咏叹,
难蜀道,
尽沧桑。

争春片刻百花忙,
谧清江,
汉城光。
几点梨白,
散缀菜花黄。
转步高台仍险路,
千嶂处,
且徜徉。

---

* 一赋太白——李白作《蜀道难》
* 梨白——白色梨花

忆江南·夜阆中

2018.3.27

明月夜,
闲适阆州行。
三水围城飘玉带,
四山抱镇立青屏。
千古自风情。

七律·今古镇(阆中古城)*

2018.3.28

水绕山托古阆中,
人间阆苑若仙宫。
将军镇守声名赫,
百姓得福赞意浓。
数百石街吆喝响,
成千卖店幌旗红。
仙师悦此谈风水,
怎比当今业正隆。

* 仙师——袁天罡、李淳风

七绝·参观小平故里

2018.3.28

改革开放四十年,
变化神州荡宇寰。
笃信何忧三起落,
春花满捧为君前。

采桑子 · 清明雪纷纷*

2018.4.5

人说飘雪春时冷,
暖色无形。
莫测天京,
已绽春花也莫名。

龙王静默长无泪,
忍到清明。
四月冰晶,
雨雪风霜总是情。

---

* 北京此冬春长达145天无雨雪

七绝·夜下闲踱

2018.4.16

做客关中春拭面,
大唐不夜又从前。
仙贤笑我空邀月,
怎晓闲踱亦窃欢。

江城子·夜长安(西安)*

2018.4.16

喧嚣夜半古城中,
雁方丘,
大明宫。
盛世前唐,
多少梦相重。
百姓秧歌独幻影,
秦汉乐,
鼓声隆。

车如流水马如龙,
溅凉泉,
挑灯笼。
亘古方郭,
鸟瞰醉花容。
周秦汉唐千种韵,
今盛世,
泛国红。

---

* 雁方丘——大雁塔

念奴娇·赴延安[*]

2018.4.18

暖风四月,
赴延安、
印迹高坡黄土。
宽壑平丘梁数道,
斜照夕霞满处。
野杏丛生,
尘沙消遁,
遍地青苹树。
延河依旧,
总能新客相顾。

---

[*] 思想成熟、半生鸿著——毛泽东思想在延安时期成熟发展,主要著作在延安完成

遥想革命中国，
炫煌多苦难，
恒心无阻。
落脚出发皆圣地，
多少豪杰前赴。
思想成熟，
江山邀指点，
半生鸿著。
当今新世，
再途圆梦征路。

七绝·谷雨

2018.4.21

暮春夜半叩花窗,
节令召来细雨忙。
百谷萌生椿正嫩,
桃花水沐祛邪伤。

采桑子·三亚

2018.4.22

声名三亚游痴处,
海岛南端。
宛若前帆,
进港无歇夜正喧。

金沙碧水椰风暖,
浅浪龙湾。
一柱南天,
天尽回头鹿不甘。

晨于三亚湾

2018.4.23

破晓晨钟续，
缓梳三亚妆。
椰林风作倾，
湾岸水涌长。
少女沙蚂戏，
老翁海钓忙。
涛声回浪响，
落下细沙黄。
远望孤舟渡，
轻摇待满仓。
游人皆若我，
赤脚岸徜徉。
纵是晨眠少，
寻得海韵光。

七律·三亚气象*

2018.4.24

最美人间四月天,
花繁锦簇市局边。
平台似宝居冈上,
产品如珍遍海湾。
服务平添籼稻壮,
技能巧助各花欢。
新装测站风姿变,
岭上时常不羡仙。

---

* 籼稻——此处指海南优质稻种

浣溪沙·文昌*

2018.4.24

三亚挥别海色藏，
飞移窗影近文昌。
从来古邑尚文乡。

东隅椰林言自彩，
南疆测场傲群芳。
平常小镇又新彰。

---

* 测场——卫星发射基地

七绝·无题

2018.4.30

渐尽花繁四月天,
抬头满绿道河边。
风徐撩褪春装色,
五月当歌对酒欢。

忆江南·离穗到庐山(二首)*

2018.5.10

才歇雨,
光影夜如白。
不夜花城挥手去,
云端匡庐放足来。
别样荡心怀。

奇峰变,
牯岭近高台。
花径竹滴都叶展,
仙人洞老侧云排。
无处不文才。

---

* 花城——广州
* 牯岭——牯牛岭

七绝·成都靓女*

2018.6.4

蓉城夜锦浣花溪,
瓣落柔声始醉迷。
俏步擦肩皆艳巧,
不及回首视娇倪。

* 娇倪——美貌

采桑子·又临邛海

2018.6.5

凉山旷阔柔邛海,
恰与平潮。
近抚窈窕,
水影山光立栈桥。

夕霞美短昏淹处,
色淡还妖。
夜静听涛。
适意难眠在此宵。

鹧鸪天·仲夏于雄安*

2018.6.15

笔挺青杨沥道边，
长横燕赵北平原。
熏风金麦田间浪，
潋水白洋淀上欢。

图百业，计千年。
新城智慧望雄安。
镃基虽有择时动，
正与豪情气象篇。

---

* 熏风——夏风
* 镃基——古时农具

鹧鸪天·西子湖畔

2018.6.25

西子婀娜总若仙,
雕梁画栋趣池边。
夕霞剪影雷峰塔,
碧水平托印月潭。

城渐暗,月将圆。
闻莺柳浪恋人缠。
名招酒幌痴人聚,
又是临安夜不眠。

忆江南·暮至闲居千岛湖岸（二首）

2018.6.26

夕阳下，
放眼越阁窗。
千岛湖平横嶂影，
万波烟渺衬霞光。
晚景胜如常。

炎稍去，
懒靠断栏旁。
对岸方楼飞彩练，
湖中慢艇饰缤廊。
夜静水涌忙。

七绝·洞头

2018.6.28

由来暖润赐温州，
岛首东临日下柔。
望海登楼唐晋韵，
洞天福地此开头。

采桑子·颐和趣醉

2018.7.8

长堤密柳亭台隐,
苇岸游帆。
误认江南,
倒影随波泛雨烟。

蜻蜓巧戏荷花粉,
水缓鸭闲。
耳畔鸣蝉,
暑热无烦趣醉然。

渔歌子·参观南湖红船（二首）

2018.7.14

烟雨楼台锦绣藏，
轻舟疏柳岸石旁。
长绿道，矮朱墙，
遥观近揽遍湖光。

立党初心始建纲，
红船依旧水泱泱。
铭苦难，忆辉煌，
直帆哪怕道征长。

七律·夕下喀什古城*

2018.8.7

古郡喀什正晚霞,
新颜径巷遍商家。
蓝璃矮槛皆成画,
褐土高台点缀花。
小伙执琴热瓦普,
姑娘曼舞彩轻纱。
都言此地真疆味,
夜炫光迷闹巴扎。

---

* 蓝璃——窗框蓝色琉璃装饰
* 巴扎——集市

江城子·奥运十年记*

2018.8.8

七年一剑试新锋,
志于怀,
道心声。
醉饮狂歌,
恃剑搅东风。
圆梦不觉飞泪下,
携子手,
与谁争。

十年记忆化图腾,
始于情,
每时生。
旧话犹新,
镜里已白翁。
未惧华光稀淡去,
神不朽,
恰传承。

---

* 七年——奥运申办成功至成功举办

五律·南疆早秋一隅

2018.8.9

野绿散南疆,
沙戈旷域茫。
林尖游隼雁,
草甸懒牛羊。
牧曲八方汇,
情歌四处扬。
长车驱道远,
恰览好风光。

鹧鸪天·傍晚漫步阿克苏*

2018.8.9

阿克苏郭漠北边，
姑温西域两城关。
龟兹古韵遥知汉，
多浪风情译溯渊。

巡史迹，解人间，
横书亘古几雄篇。
民族大业团结本，
自信赢得华夏欢。

---

* 姑温——秦汉西域姑墨、温宿两国
* 龟兹——古西域大国
* 多浪——远古一部落

采桑子·巴音布鲁克

2018.8.10

长滩卧草青峰远,
巧作云堤。
亮翅鹰击,
脆响鬃鞭晓骏嘶。

穹蓝渐去橘红漫,
落日残夕。
九曲合一,
坡上秋凉带水凄。

忆江南·秋于林芝墨脱路上(二首)

2018.8.27

林芝地,
热带雨不休。
雅鲁藏布仍跃荡,
南迦巴瓦却含羞。
深处不识秋。

如仙境,
曲路漫长幽。
芭叶衔滴丰且野,
云杉破雾耸而修。
林密鸟啾啾。

七绝·墨脱*

2018.8.28

波清翠墨缭云烟,
小镇石楼亚不丹。
门珞族风扑到面,
堪称唯此藏江南。

---

* 小镇设计为不丹风格
* 门珞——门巴族和珞巴族

七绝·墨脱新建气象观测站

2018.8.28

藏域独擎热雨林,
仙踪象迹被常寻。
不时隐入江腾雾,
信手拨开岭上云。

清平乐·羊卓雍错*

2018.9.1

恰寒高处,
抬手及天幕。
碧玉山衔呈半吐,
圣水神仙来渡。

叠峦浅暗苍青,
羊湖俯看蓝鲸。
正与秋高朗季,
黄花粉藻围汀。

---

* 羊卓雍错又称羊湖
* 碧玉——羊湖鸟瞰形状

西江月·雁门关*

2018.9.10

隘口忽生秋雨，
一时涧霭峰岚。
云压寨首雁门关，
隧道横穿无险。

散绿坡黄更野，
明墙侧岭残垣。
峰台梦幻尽狼烟，
遥想边关征战。

---

* 明墙——明城墙

七绝·山麓秋吟[*]

2018.9.19

长白山麓仰天池,
坠下枝头冷露湿。
目到层林皆色重,
凭栏已入晚秋时。

---

[*] 吉林长白山

采桑子·珲春图们江出海口*

2018.9.21

图们入海谁方据,
划界江河。
绿网横隔,
几道青杨满目遮。

登高战士边防哨,
一眼三国。
恰是云薄,
阔展湿滩曳穗禾。

---

* 图们江——中国、俄罗斯、朝鲜交界处

清平乐·中秋又秋分*

2018.9.23

清风瑟瑟,
近景敌春色。
一叶知秋当不惑,
圣道知足常乐。

中秋正遇秋分,
飘来问候频频。
摆上雄黄散蟹,
掏空肚里诗文。

---

* 飘来问候——微信、短信

七律·今天是你的生日,我的祖国

2018.10.1

气朗秋光半色蓝,
生辰共度话其缘。
繁荣百姓千门庆,
胜绩家国万户传。
北域青山苍雪覆,
南疆碧水浪花翻。
随风耳畔欢歌颂,
最是国红展悦颜。

渔歌子·游森林公园又步永定河畔（二首）*

2018.10.5

旧主闲时憩北宫，
何须葱野觅仙踪。
林正密，木擎空，
登高鸟瞰不相同。

永定河滩苇叶浓，
相思枝杈豆嫣红。
斜日下，浅波中，
游痴踏岸忘前容。

---

* 旧主——北宫的旧主人

卜算子·胶东秋行*

2018.10.19

转遍海阳城,
问讯文登故。
窃喜青州柿正红,
坐看乳山暮。

天尽成山头,
石岛孤帆渡。
谁染层林碧海图,
且把秋留住。

---

* 海阳、文登、青州、乳山、石岛、成山头——山东地名

虞美人·港珠澳大桥珠海一侧夜观*

2018.10.23

渔光洒映礁连屿,
玉塑渔家女。
沙湾岸浅晚风徐,
偶见闲民布网待捉鱼。

同仁榷事还朋友,
把盏冰啤酒。
涛声阵阵伴汐潮,
望尽阑珊远处一长桥。

---

* 渔家女——海珠女雕像

忆秦娥·乌鞘岭*

2018.10.26

乌鞘岭,
谁言峻险无奇景。
无奇景,
地缘别貌,
暖流分径。

蓝穹大漠孤烟影,
一抔残雪荒山顶。
荒山顶,
百年台站,
寂寥犹敬。

---

* 分径——南北气流分界

七绝·同是京城不同天(二首)*

2018.11.2

晴晚城郭半壁红,
云霞异彩塔玲珑。
昆河玉水忽幽碧,
短草疏枝色逾浓。

天光不爽雾朦胧,
拂面湿寒把做冬。
偌大城西闲客少,
门前翘首远山重。

---

* 玲珑——家居附近慈寿寺玲珑塔

渔歌子·晚秋葫芦岛*

2018.11.6

渤海前湾瑟瑟浓，
逐波遥望水天同。
葫芦岛，旧石宫，
渔歌唱晚戏枫红。

---

* 旧宫——秦汉碣石宫

七律·秋尽盘锦红海滩*

2018.11.7

水落空余浅海湾,
绵延万簇碱蓬团。
秋黄褪绿红犹炫,
朔气挟潮物更寒。
褐鹭孤只衔草籽,
沙蚂几处入湿滩。
无边那怕全萧瑟,
伫立滩头不尽欢。

* 碱蓬——碱蓬草

七绝·登越王楼*

2018.11.12

始汉今兴蜀绵州,
三江半岛越王楼。
登高月下凭栏望,
岸堰霓光倒影柔。

---

* 越王——李贞（李世民八子）
* 三江——安昌江、涪江、芙蓉溪

忆江南 · 桃花岛晨*

2018.11.13

桃花岛,
浅雾暗波流。
踏草误惊白鹭起,
倚江贯注野鸭汹。
不忍破晨幽。

---

* 桃花岛——绵阳一地区

如梦令·记气象卫星应用大会
2018.11.14

会场人头攒动,
业内精英一统。
宇下望飞天,
匠器始将传颂。
应用,
应用,
产品馈于公众。

渔家傲·观改革开放四十年展

2018.11.22

开放改革长路漫,
真知是否唯实践。
过往身边都在变,
人人赞,
不觉泪眼飞花溅。

转瞬四十如梦幻,
百年更待图新面。
聚揽国人同遂愿,
谁无盼,
赢得万紫千红艳。

采桑子·香港夜
2018.12.2

维多利亚徐风晚,
点点渔光。
阵阵花香,
对岸霓虹化彩墙。

人间世上独奇处,
漫漫香江。
岁岁沧桑,
看尽明珠耀一方。

七绝·太平山*

2018.12.3

登高维岛太平山,
坠下星罗恍若仙。
顶上无奇不尽揽,
还知胜景夜遥观。

---

* 维岛——香港维多利亚岛
* 星罗——灯火

浣溪沙·为改革而歌
2018.12.19

妙手强音总入弦,
传奇故事话春天。
事非经过不知难。

记忆金声声漫漫,
流芳圣曲曲绵绵。
如歌岁月四十年。

七绝·夜寄夔州*

2018.12.24

湿重云低两岸漆,
江风夜冷小舟急。
柴门叩罢鲜扑面,
沸水江团恰入席。

---

* 柴门——饭店小门

鹧鸪天·云雨巫山*

2018.12.26

山隐无形峡口灰,
宽流暗涌客轮追。
登临秀岭江波望,
始悟巫山云雨飞。

神女寞,日光违,
虹桥宝塔却神威。
来年不信无晴碧,
鸟瞰长河东不归。

---

* 峡口——巫峡隘口
* 日光违——不见光日

七绝·荆州*

2018.12.27

九州一脉楚国风,
不语庄王竟为鸣。
有借不还刘备计,
关公大意误江城。

* 庄王——楚庄王

采桑子·2018岁末[*]

2018.12.31

宽街窄巷疏枝冷,
正与年交。
换上新桃,
一抹寒光岁亦娇。

千门万户花窗暖,
小口年谣。
妙曼桃夭,
夜半余音化寂寥。

---

* 新桃——桃符
* 桃夭——桃夭舞

卜算子·欣喜《新会计核算指南》成书*

2019.1.9

腊月佼寒梅,
竟为书香妒。
案几平添业内籍,
点墨绝佳处。

取势以谋长,
做事牢基础。
敬意身边财会人,
建制扶新路。

---

* 业内籍——指南书籍

鹧鸪天·伊春冰灯*

2019.1.17

地北伊春覆雪皑,
兴安细桦间成排。
松林剪影将夕浅,
雪塑花灯此夜白。

亭玉柱,巧琼台,
虽无骚客亦抒怀。
冰封不逊繁华季,
多少寻名远道来。

---

* 雪塑——冰雪雕
* 玉柱、琼台——冰雕造型
* 骚客——文化名人

浪淘沙·慰问五营气象站

2019.1.18

伫立北疆边,
仰首云端,
千般素裹远微蓝。
冻驻时光皆寂籁,
尽享清寒。

覆雪小楼盘,
坐落林间,
孤独日夜喜观天。
久等今来心上客,
室内言欢。

清平乐·漫步哈尔滨中央大街

2019.1.18

中央大道,
五彩霓光照。
飒冷姑娘仍要俏,
别是一番风貌。

作坊叫卖声高,
路人手把冰糕。
购物闲游皆是,
欢心更待明朝。

七绝·无题*

2019.2.3

憨圆可爱遍城关,
掐指农时己亥年。
末位生肖无寂寞,
肥头大耳正出栏。

---

* 己亥猪年

浣溪沙·除夕*

2019.2.4

坐看交春渐尽霞，
蒸腾年味拱窗纱。
围炉小盏弄清茶。

岁末城楼多彩练，
年关月夜少烟花。
欢颜却话万千家。

---

* 交春——除夕和立春同日

渔歌子·清闲过年（二首）*

2019.2.9

岭固河封大地闲，
无聊生困几轮眠。
人鲜迹，巷无喧，
存疑自问不识年。

只把窗花替旧联，
平桌独盏借由缘。
不瑞雪，待春天，
堤栏傍水柳生烟。

---

* 人鲜迹——人很少
* 不瑞雪——久未下雪

七绝·雪霁夜围炉*

2019.2.14

京城此刻不飞花,
后海围炉闹酒家。
焖笋茴香红麛肉,
一壶老酒百珍杀。

---

* 飞花——飘雪

浪淘沙·又遇长安[*]

2019.2.17

未鼓近三更,
遍挑红灯,
清寒碎雪乱云横。
漫步墙头无困意,
窃语朦朦。

古韵贯方城,
醅酿煎烹,
街头巷陌诵诗声。
纵是皇臣千业绩,
怎与今争?

---

[*] 皇臣——皇帝和臣民百姓

七绝·大明宫元夕前夜*

2019.2.17

料峭清风犹夜冷，
长安闹趣扫残冬。
元夕未至楼台躁，
抢罢花灯炫旧宫。

---

* 楼台躁——亭阁急待妆点照亮
* 旧宫——大明宫

忆江南·凤州晚夜*

2019.2.18

廊桥上,
月夜似无常。
两岸十台悬玉带,
一江五彩试霓裳。
春水戏凤凰。

---

* 凤县以凤凰为主题的灯光秀

采桑子·翻越秦岭

2019.2.19

迷峰暗岭千叠嶂,
雾锁秦关。
落雪痕残,
旧路缠山几道盘。

雄关险壑从头越,
冷露凇杉。
渭水还蓝,
腹地关中绿胜前。

七绝 · 早春玉渊潭*

2019.2.24

春江水暖鸭先知,
冰碎春融跃泳痴。
自俏枝梅春在闹,
琴歌伴鸟已春诗。

---

* 泳痴——冬泳爱好者

渔歌子·初春夜津门*

2019.2.26

少女窈窕系彩裙,
迟疑才辨是津门。
临冷水,眺薄云,
逢君意暖恰初春。

---

* 少女——布满彩灯的洋楼

鹧鸪天·赠九仙山艰苦台站气象人*

2019.3.4

三月春光漾闽南，
迟开杏李九仙山。
兀石各异青峰侧，
测站独绝锦绣巅。

占利器，卜奇观，
如今唯我问苍天。
临风沐雨无邪肆，
万事开来若等闲。

---

* 无邪肆——不惧各种困难

渔歌子·德化瓷都*

2019.3.4

玉脂温白现世潮,
民间烧技胜官窑。
薄细腻,透玲娇,
名都哪出不瓷陶。

---

* 烧技——烧窑制瓷的技巧

渔歌子·安溪茶都*

2019.3.5

云缭茶丘雾绕茫,
长桌白盏注清汤。
积大气,散余香,
观音铁韵韵悠长。

---

* 观音——铁观音茶

渔歌子·永春香都

2019.3.6

万类奇香产永春,
作坊门市自家珍。
甘为简,乐于焚,
成灰散溢满香纯。

七绝·泉州三地

2019.3.6

三都盛誉耀泉州,
德化白瓷触手柔。
庙宇永春香满处,
安溪泡饮别茶愁。

渔歌子 · 梅州客都*

2019.3.7

缓展梅江细雨斜,
围龙屋内话客家。
蒸扣肉,卤咸鸭,
单丛正好泡汤茶。

---

* 围龙屋——梅州特有民居
* 单丛——茶品牌

忆江南·题昆玉河畔春雨

2019.3.10

昆河岸，
烟色笼皇城。
细雨轻拍桃蕊醒，
清风淡掠柳芽挣。
此处又春生。

七绝·骑楼*

2019.3.11

闲来漫步晚琼州,
无意人稀路断头。
借问南阳遗旧物,
阿婆笑道有骑楼。

---

* 骑楼——一种典型的外廊式建筑,底层架空的部分临街成排并联,形成连续的人行空间,利于行人全天候购物和通行

采桑子·三沙台站前小憩*

2019.3.12

别来又顾永兴岛,
碧水蓝天。
远眺风帆,
浪卷瑚沙聚海湾。

前番已种椰子树,
测场旁边。
正午时间,
煮贝蒸鱼炒蟹鲜。

---

* 瑚沙——珊瑚碎沙
* 测场——气象观测场

如梦令·植树节于三沙站植树*

2019.3.12

小院椰风如沐，
遍找曾栽何处。
此顾恰逢节，
再种嫩枝新树。
稍住，
稍住，
好客捧出椰露。

---

* 曾栽——曾经种过的树
* 好客——友好同事热情

清平乐·永乐群岛之珊瑚岛气象站*

2019.3.13

五更醒早,
静静无人扰。
闷响船笛天破晓,
即赴珊瑚美岛。

听风测雨皆佳,
简约小站如家。
敢问常年寂寞,
拳拳乐守天涯。

---

* 小站——岛上气象站

五绝·初春小景*

2019.3.17

荷梗残依旧,
桃枝满换新。
廊窗隔望绿,
待有翠竹荫。

---

* 四句应景于朋友所摄四张照片

七绝·无题
2019.3.26

越上枝头燕雀啼,
扁舟荡过水涟漪。
烟花三月江南色,
正是闲人柳下时。

浣溪沙·淮安*

2019.3.26

古郡今辉二月间,
南船北马挽漕关。
洪泽浩渺一湖悬。

大运河工传水韵,
淮扬菜品溯厨缘。
人杰出道此耕田。

---

* 挽漕——漕运,车船周转
* 湖悬——洪泽湖高于淮安陆地称悬湖

渔歌子·稻香楼外[*]

2019.4.1

泛起晨光洒稻香,
如约楼外换轻装。
听翠鸟,荡河旁,
扑来皖韵岂不尝。

---

[*] 稻香楼——合肥一宾馆

七律·铜陵气象科普园*

2019.4.2

铜陵西隅傍清池,
春夏秋冬此地知。
古典遗存留象迹,
仙人圣者问天时。
精仪列阵根于土,
谚语成篇嵌上石。
雨雾风雷霜露雪,
长居过客不言痴。

---

* 清池——铜陵西湖
* 象迹——天气现象
* 精仪——精密仪器
* 痴——不知

七绝·林徽因——一句爱的赞颂

2019.4.16

舞变轻灵嫩柳纤,
珠滴点洒在花前。
云烟沐早星稀夜,
你是人间四月天。

清平乐·暮春水镇*

2019.4.25

微风山里,
峻岭柔溪碧。
竞晚山花难自已,
绿下金黄浅紫。

桥头半倚发呆,
塘边散客悠哉。
古北春光水镇,
正当落笔抒怀。

---

* 竞晚——较晚竞放

七绝·夜色水镇*

2019.4.25

庭深夜巷角灯红,
古寨烽台映影融。
月下银龙飞在外,
山间客栈隐于中。

---

* 银龙——射灯打照下的长城

忆江南·题古北水镇(二首)

2019.4.28

江南韵,
雨过正天晴。
野阔山郭花竞绽,
绵延柳岸水还清。
四处是啼莺。

江南似,
身近悟其名。
黛瓦青砖叠墅院,
和风碧水汇居亭。
橹摆小舟行。

七律·赣南行*

2019.5.8

章江贡水赣之源,
崇义大余满绿前。
老帅诗雄梅岭泣,
阳明理教旧园仙。
郁孤台下浑江水,
两宋城头觅古砖。
寂寞山间多少站,
何当重彩替容颜。

---

* 崇义、大余——赣南两县
* 老帅——陈毅
* 阳明——王阳明
* 第五句化用辛弃疾"郁孤台下清江水"

西江月·井冈山

2019.5.9

五月云天叠翠,
舒心坐看峰峦。
映山红透井冈山,
独有风光再现。

畅想当年难事,
岌岌红色摇篮。
直抒星火可燎原,
无不豪情浪漫。

七绝·黄昏*

2019.5.27

天光欲晚炎羞退,
墨岸无风隐日花。
剪影山郭横在卧,
推窗不厌望夕霞。

*墨岸——黄昏柳岸呈墨绿

如梦令·雨中和顺古镇

2019.6.10

细雨轻刷石路,
翡翠琳琅门户。
和顺镇宜居,
客到巷沿弯处。
环顾,
环顾,
塘面偶飞白鹭。

鹧鸪天·大理

2019.6.12

大理风光勿与争,
山歌妙律取天成。
苍山远望晨霞迹,
洱海近听夜浪声。

长井道,古方城,
悬灯将晚正喧腾。
风花雪月独姿色,
试问何时旧地逢。

渔歌子·嘉陵江畔*

2019.7.10

暮晚城郭待换颜,
接天楼厦满山前。
渝水浅,月牙悬,
洪崖洞景夜江滩。

---

*渝水——嘉陵江古称
*洪崖洞——重庆一景